狼與辛香料 XXIV

Spring Log VII

WORLD MAP
凱森
迪薩列夫
多蘭平原
阿蒂夫
樂耶夫山
薩連頓
約伊茲
薩羅尼亞
勞茲本
托尼堡
紐希拉
拉波涅爾
堂斯格
凱勒科
伊克
樂耶夫河
凱爾貝
斯威奈爾
托爾金
溫菲爾王國
雷斯可
雷諾斯
羅姆河
普羅亞尼國
特列歐
恩貝爾
N
W
E
S
卡梅爾森
拉姆特拉
崔尼國
波羅遜
留賓海根
帕茲歐
約連
雅肯
斯拉烏德河
帕斯羅
往雅肯

地圖繪製／出光秀匡

第一幕

寄旅在外，永遠料不到接下來會發生什麼事。

相約下一個城鎮見面的旅伴，可能短短幾天就染上急病蒙主寵召；以為絕對有賺頭而大量收購的商品，可能因為早就沒了需求，成為破產大患；沿途找個村子補貨，還會撿到嗚咽著想回北方的狼女呢。

因此，發現下山遊歷的獨生女突然不再寄信回來而急得跳腳，又有誰怪得了他呢。這理由已經十二分地夠他離開深山裡的溫泉鄉，重返凡塵了。

追隨繆里與寇爾的腳步下山的羅倫斯夫婦也不例外，路上遭遇千奇百怪。認識松鼠化身，再會從前的旅伴，甚至遇上能成為領主的好機會。

領主身分實在太教人心動，可是羅倫斯到頭來還是選擇了和能夠吃肉乾配酒就開心得不得了，自稱賢狼的太座，快快樂樂地旅行。從名叫薩羅尼亞的城鎮乘船，往海岸行進。

兩人就此聽著船歌喝著酒，順流而下。

原打算找個還算熱鬧的港都，打聽野丫頭和她那位情同兄長的青年最近有何消息。可是——

「唔……汝說啥？」

一雙水腫的眼睛從蓬亂髮叢縫隙間望向羅倫斯。

前一晚還沒什麼感覺，可是到了下床出外，打井水洗臉弄早餐，趁早打探旅途風聲而返回房間以後，濃濃的酒臭味讓他頓時皺起眉頭。

「妳喝太多了。」

羅倫斯側眼看著床上呻吟的赫蘿，開窗吐口氣。

「太亮……了啦……」

若對方是滿身青苔的森林妖精，或許還會想保護她不受強烈陽光的刺激。但自稱賢狼的她可是在小酒館的樂手奏樂起鬨之下，一手捧著酒跳舞狂歡，絲毫沒有同情的餘地。

被一句「和汝一起旅行，再無聊的事都變得很有趣」沖昏頭，報應馬上就來了。即使艾莉莎不在旁邊唸，看赫蘿醉成這樣，羅倫斯也覺得自己好像太寵她了點。

「受不了……我就來給搞不好難受到不想活的妳報告個好消息吧。現在順流的船隻，好像都停駛了。」

羅倫斯坐到椅子上，等待流進窗口的新鮮晨間空氣洗去滿室淤塞酒臭，咬一口剛弄來的麵包。

「唔……那個、味道……」

赫蘿平常一聞到剛出爐麵包就會立刻跳下床，現在卻揪著臉哀嚎。看過這畫面無數次的羅倫斯打從心底唏噓，但想到她吐了不止打掃費力，還可能要加收清潔費，只好嘆口氣移到下風處。

「聽說下游的港都出了點事，過不去了。」

「……」

也不知她有沒有在聽。平常看狼耳就知道，現在動也不動。

羅倫斯又嘆口氣，嚥下麵包繼續說：

「現在有兩個選擇。一個是留在這等事情過去，一個是領馬回來，弄輛馬車走陸路。」

羅倫斯稍停片刻等反應，結果什麼也沒有。原本柔亮的尾毛如今變得毛糙，令人想到不幸被貨馬車輾到的野狗。

不過以赫蘿而言，那是自作自受。

「如果走陸路，不如就直接南下到凱爾貝去也不錯。那邊應該容易打聽繆里他們的消息，又是這一帶最熱鬧的港都，有很多好吃的東西。」

說到「好吃的東西」，她尾尖勾動了一下，看來還是有在聽。

可是就連與她結褵多年的羅倫斯，也分不出那是要他別聊食物，還是恢復以後肯定要大吃一頓的意思。

「總之我們也不趕，妳就繼續睡吧。過了中午，順流過來的旅人會帶來更多細節。」

赫蘿好像說了些什麼，可是隨後就打起了鼾，說不定是夢話。

羅倫斯一陣苦笑，銜著沒吃完的麵包站起來，為傻妃子蓋好毛毯。

河流這東西總是橫跨多塊領地，交界處都設有稅關。

稅關幾乎是搭建在河邊的簡陋小屋，派一、兩個踐得二五八萬的徵稅員駐守，偶爾會因為陸上商路經過而變得繁榮。這種時候，會有幾間作旅人生意的酒館或旅舍，甚至發展成小有規模的旅舍村。

羅倫斯他們現在下榻的地方沒那麼大，但也有三間兼作酒館的旅舍，還有幾個會補衣修鞋的工匠，夠旅人抒展羽翼的了。

儘管到了稅關就要繳錢很讓人不是滋味，在這種只有旅人的地方，大白天就坐在門前喝酒也不會遭人白眼。

羅倫斯啜飲著摻蜂蜜掩蓋酸味的劣質葡萄酒，側耳聆聽行人對話，蒐集旅途資訊。

忽然一道陰影蓋過來，有個女孩粗魯地坐到對面位子上。

「一個人喝酒，哪來的雅興呀？」

女孩看也不看羅倫斯就出言譏諷，長相約是十來歲。

可是她對老闆招手的樣子落落大方，為了解宿醉而點了差一步就要變成水果酒的酸甜果汁，還要求多加點蜂蜜的一連串動作都顯得很老練。其實她只是外表年輕，實際上是已經高齡數百歲的狼之化身。

「這裡品質好的蜂蜜還真多。」

「所以價格也不便宜嘍。」

「大笨驢。」

赫蘿說完，往羅倫斯手邊的肉乾瞄了一眼。大概是剛起床不想吃硬梆梆的肉乾，眉頭皺了一下，但最後還是決定將就將就，手一伸整盤抓過去。

「不吃些麥粥什麼的嗎？」

「那汝就點唄。要熱的。」

赫蘿從老闆手中接過多半是醋栗釀成的深紅色飲料，馬上就喝一口。加了蜂蜜還是很酸的樣子，她眼睛用力一閉，長吁一口氣後啃起肉乾。

無論如何，有精神就好。羅倫斯這麼想著，向老闆點了碗加麵包丁的湯。

「然後吶？把咱丟在房間裡，一個人跑來喝酒是什麼意思？」

「又不是生病要人顧。想要找人牽手手啊？」

赫蘿在桌底下踢了羅倫斯的腳。這樣打情罵俏也算是稀鬆平常，可是赫蘿像是真的在發脾氣，讓羅倫斯覺得有點奇怪。

一睜開眼睛，羅倫斯不在房裡就算了，可能主要是窗戶開著，氣味幾乎散光了的緣故。

平常不為世事所困的這頭狼，由於活得太久，遠超乎人類壽命，不時會懷疑這一切都只是惡夢中的泡影。結果惶恐地往窗外一望，就看到羅倫斯一個人優雅地喝著酒，火氣就來了吧。

「所以說，我早上說的那些妳都沒在聽嘍？」

羅倫斯無奈地問，赫蘿斜眼瞪過去。

「汝說啥啦。」

「真的沒聽喔。就是我們中午都過了那麼久，還悠悠哉哉坐在旅舍裡的原因啦。」

赫蘿有話想說，卻又怕引火上身似的作罷。最後噘起嘴巴，吸一口酸甜的摻蜂蜜果汁。

「下游港都的議會，在談一件大案子。」

羅倫斯捏一條手邊所剩不多的肉乾，看著船接二連三地從上游過來。可是稅關裡的船一艘都不走，碼頭擠得水洩不通。順流而下的船這樣聚在一起，感覺比想像中多上許多。

「這個議案牽涉到稅金，所以大家都在觀望。」

臉上仍有些宿醉之色的赫蘿眉頭稍皺，隨後這麼說：

「這樣的話，不是應該反過來嗎？」

赫蘿也往碼頭望去，正有艘堆滿貨物的船要進關。在眾人「究竟還能停哪裡」的眼光下，技術高超的船夫一轉眼就把船穩穩停進所剩不多的縫隙裡。

「稅金是汝等的天敵唄？應該要在漲稅之前趕快下去不是？」

「如果是這樣的話，妳現在恐怕正卯起來拿昨天的晚餐餵魚吧。」

不止海上的船會搖，河舟也沒穩到哪裡去。羅倫斯想像渾身發軟的赫蘿，覺得還挺可愛，注意到赫蘿懷疑的眼神而收起偷笑清咳一聲說：

「聽說這次是難得要談調降進城關稅喔。」

赫蘿沒咬羅倫斯，或許是因為那碗湯正好送來了。

她用木匙舀一杓濃稠的麵包丁，愉快地享用。

「所以在議案結果出來之前，旅人跟商人都先在這原地踏步。」

湯裡不止有麵包丁，還有大塊鯉魚肉，燙得赫蘿不停呼氣，再用果汁冷卻一下，舔舔唇抬起頭來。

「這跟咱們沒關係唄，又沒有算得上貨物的東西。這裡是不差啦，但要是想放鬆，咱還是喜歡大一點的城市。」

「嗯……不過，有可能是灑餌喔。」

「灑餌？」

「放假消息引人過來，再一口通殺。」

圍繞城鎮的牆，不只是用來抵禦外敵，也有防止人跑出去的功用在。過去曾有城市為籌措軍資，對想出城的外地商人課徵會讓人眼珠子掉出來的高額通行稅。而旅行商人通常會摸摸鼻子花錢消災，省得被戰火牽連。打這種算盤而吸引商人過來的可能，並不是沒有。

赫蘿木匙裡舀的，就是中了河底陷阱而成了湯料的傻魚。

她望向天空想了想，將魚肉送進嘴裡。

「嗯，很有可能。」

「所以呢，自愛的人要懂得避開危險，走陸路南下或許比較保險。」

陸路二字使赫蘿表情一揪。嚐過坐船的滋味以後，想到顛簸又容易坐到屁股痛的貨馬車之旅，很難不會有那種表情。

「到了羅姆河，可以直接坐船到凱爾貝。」

「凱爾貝……好像有聽過。」

「就是捕到一角鯨的地方啊。傳說角磨成粉吃下去，可以長生不老的那個海獸。」

赫蘿稍抬下巴，不感興趣地點點頭。

或許她這樣生命是人類數倍的非人之人，想起了當年對能製成長生不老藥的一角鯨之角的複雜心情吧。抑或是想起了與羅倫斯旅行途中，和少數幾個貪婪商人鬥智的事。

「凱爾貝那邊有羅恩商業公會的老巢會館，可以跟溫泉旅館開張那時幫過我們的人打聲招呼。想打聽繆里和寇爾的消息也很容易吧。」

獨生女繆里，以及像兄長一樣照顧她的寇爾兩人，現在是無人不知無人不曉。原以為這麼有名，很快就能知道人在哪裡，結果有名過頭反而難找。在哪座山引發了奇蹟，祛除了哪座村的瘟疫什麼的，亂七八糟的傳聞滿天飛。

然而，在世界各地設有商行的公會，應該比較可能握有正確消息。

「嗯……就是撿到寇爾小鬼的那條河，跟下面的港都嘛？離那條河還很遠唄？」

「而且路也不是直線開過去，搭貨馬車要三天……喔不，又不是趕著銷貨，慢慢來的話要五天──喔不，先估六天吧……我對這附近的地形不是很清楚。」

挖苦怕勞頓的赫蘿是很容易，可是羅倫斯自己也當慣了旅館老闆，硬梆梆的駕座坐沒多久腰就痛了。再加上途中需要調查路線、休息或繞去其他地方有的沒的，最後恐怕會更花時間。

無論如何，心目中優雅旅行破滅的預兆若隱若現，赫蘿抗議似的把湯吸得滋滋響。

「願意讓咱揹著汝跑，咱就沒意見。」

憑赫蘿狼形的腳程，一晚就跑得到了吧。

「那馬怎麼辦？」

「……馬肉很甜，配烈酒其實還不錯。」

羅倫斯為這不曉得幾分認真的玩笑嘆口氣，喝一口酒。

「我自己呢，是滿想看看事情怎麼變化。」

「嗯？」

「我不曉得港都在打什麼算盤，但要是真的降稅，把握機會從那裡多進點奢侈品就賺翻了吧。最近連貴族以外的客人都在抱怨說，我們的溫泉旅館缺少南方的高級貨呢。」

赫蘿的眼神變得有點冷。見到講生意經的呆瓜時，她都是這種眼神。

「汝這雄性真是學不乖。這種事，交給兔子的商行不就行了。再說，汝之前不就是因為跟不認識的地方訂小麥，以為撿到便宜結果吃了大虧嗎？」

由兔子化身掌櫃的德堡商行，是狼與辛香料亭營運上可靠的供應商。

而小麥這件事，是對方在昂貴的麵粉裡摻了便宜的黑麥粉，最後靠赫蘿和繆里用嗅覺分辨才逃過一劫。

「唔……要說我學不乖的話，那妳也該解釋一下今天早上為什麼爬不起來吧？」

赫蘿的嘴拉成一條線，可是沒在桌底下踢人。

見到連赫蘿都會為嚴重宿醉反省而略感欣慰時，羅倫斯發現桌邊來了個人而抬起頭。

對方是個手抓薄帽，作農夫打扮的男性，笑容中帶了點遲疑。

「兩位是克拉福．羅倫斯先生賢伉儷沒錯吧？」

他衣著稱不上高貴，和儒雅的遣詞用字有些矛盾，但至少他是個懂得辦事的人物。因為他問候的同時，交出了一口能輕鬆抱在腹側的小酒桶。

赫蘿才剛從宿醉中恢復過來，現在又立刻兩眼發光，笑嘻嘻地接下酒桶。

「哼哼……嗯，這蜂蜜酒品質真好！嗯，有什麼事儘管說。」

話雖如此，真正談事的當然不是赫蘿，是羅倫斯。

羅倫斯為赫蘿這德行嘆口氣，轉向農夫打扮的男子。

認為他是農夫，是因為外觀。可是他待人接物不帶一點土氣，問候的口吻和送見面禮也都十分熟練。

問題是，羅倫斯翻遍了他的經商歷史，也對這人沒有半點印象。

「不好意思，請問我們在哪見過嗎？」

「我與二位是第一次見，我是在薩羅尼亞聽說了兩位的英雄事蹟。」

羅倫斯點了點頭。

他們在薩羅尼亞做了太多事，變成了風雲人物。

以走到哪都不缺酒食，生活樂無邊這點來說是很棒。可是目光一聚過來，很難不掀起意外的餘波。

「我了解二位正在旅遊，但還是希望二位撥冗聽聽我的來由。」

看他說話恭敬，還跪下右膝來懇求，可以推知這位農夫打扮的男子外表雖不起眼，卻經常需要和身分高貴的人打交道。

但以村長來說，他未免太年輕，且氛圍並不像是村野之民。羅倫斯將以前行商的知識全搬出來，仔細觀察他身上的物品，發現粗重的柴刀和小弓，再加上懂得為赫蘿準備上等蜂蜜酒的機靈，答案很快就出來了。

「請問森林監督官找我們有何需要？」

男子驚訝地睜大眼睛，隨後是極為欣喜的表情。

「不愧是解決薩羅尼亞諸多問題的羅倫斯先生！拜託您一定要助我們一臂之力！」

赫蘿把蜂蜜酒抱得像寶貝一樣，使得「很抱歉，我們夫妻難得出來旅行，不想多惹是非」這種話怎麼也說不出口。羅倫斯心想這次不是自己去找麻煩，心情上輕鬆很多，可回頭一想，似乎不是這樣。

赫蘿已經先從男子身上的土木氣味，立刻察覺他是在森林工作的人了吧。如同羅倫斯目光會被賺錢的事吸引，赫蘿這樣無限深愛森林的狼，會不會是故意讓羅倫斯難以拒絕森林居民的請求呢。當然，能多拿一桶蜂蜜酒，那更是無話可說。

要是把他趕走，赫蘿也一定會把羅倫斯趕下床，叫他孤苦伶仃地睡地板去。

「……不嫌棄的話，就請您從頭說起吧。」

羅倫斯說得有氣無力，男子大喜過望，赫蘿則滿意地點著頭。

這稅關南方有塊叫做托尼堡的領地，男子即是領主代代僱用的森林監督官，名叫邁亞・林多。赫蘿對這職稱頗有感慨，肯定還把那想像成森林守護者，認為他無疑是個好人吧。

然而森林監督官與森林守護者不能畫上等號。都需要監視森林沒錯，但監督官監視的是森林的資源，而非森林本身。紐希拉一帶森林太大，很少有他們出場的份。愈往南森林愈寶貴，森林監督官的重要性也隨之提升。尤其像這一帶有經過大幅開墾的小麥產地，森林更是格外貴重。

森林監督官邁亞所負責的托尼堡森林，在地形較這一帶更有起伏的情況下，依然保留了深邃幽暗的原貌。

可是據邁亞所言，領主計畫開闢森林賣出木材，還要開一條路過去。

「所以邁亞先生您是希望阻止這個計畫。」

「是的。可是有些困難，還請羅倫斯先生務必相助。」

住在森林裡的人，給人的印象通常有點厭世，不好與人相處，厚得像有百年積苔的鬍髮底下，有雙鹿一般的眼睛閃閃發光。但說穿了，森林監督官就只是在森林工作的文官而已。

由於服事權貴，天天都要為土地利害的對立作折衝，所以遣詞用字變得洗練，在商行當高級幹部都不奇怪。
所以他的交涉手腕也頗有一套，還戳得有點疼。
「說起來，我也是為了等待某項談判的結果才留在薩羅尼亞的。」
邁亞說到這裡，對羅倫斯投出頗有深意的視線。
「羅倫斯先生您的機智，實在叫我拜服。可是您阻止木材商要求大降關稅，卻造成了意外的波瀾。」
意外的波瀾一詞，給羅倫斯不好的預感。
「我當時是盡全力去完成薩羅尼亞教堂的請託沒錯……難道那給邁亞先生、托尼堡領主還有那裡的人民添麻煩了嗎？」
「不，絕對算不上麻煩。」
邁亞的九十度鞠躬很像樣，但裡面沒有半點誠意。就像條滑不溜丟的八目鰻一樣抓也抓不住，只能看著他穩穩往目標游去。
一旁赫蘿不知道高興什麼。羅倫斯鬱悶地想，那多半是來自邁亞演的戲，還有自己被步步逼退的窘樣。
「羅倫斯先生您顯然是為了教會、為了神做出了正確之舉，但也同時導致了木材的關稅只有些微調降。因此，位在河口的港都卡蘭，就因為您的義舉失去了購得便宜木材的機會。」

「啊！」

羅倫斯迅速理解邁亞此話的流向，不禁輕叫。一旁赫蘿兜帽底下的狼耳也抖了抖，冷眼注視羅倫斯。

「如果經過薩羅尼亞的木材大幅調降關稅，港都卡蘭就能買到便宜的木材。計畫泡湯以後，他們就群起請求領主開墾他們早已盯上的，我們托尼堡的森林。」

近來木材價格的確是漲得很厲害，就連四面都是森林的紐希拉，都要開會決定每戶能砍多少柴。以平原草地比森林多太多的這一帶而言，木材更是稀少。

看來薩羅尼亞的木材關稅問題，並不是木材商貪圖蠅頭小利搞出來的，還有一大群鄰近地區的商人緊張兮兮地在觀望事情發展。

跪在羅倫斯眼前的森林監督官言下之意，即是你防礙了薩羅尼亞調降關稅，害我們托尼堡的森林被盯上，你要怎麼收這個爛攤子。

且責難的視線不止來自邁亞，總是站在森林這邊的赫蘿也是如此。

因為要不是羅倫斯在薩羅尼亞搗亂，說不定木材關稅就能成功調降，下游港都卡蘭就能取得便宜木材，不會盯上邁亞值勤的托尼堡森林了。

羅倫斯像個想能盡可能拖延行刑的罪人般拋出問題：

「你、你們領地發生的問題，我了解了。那麼您先前說的，在阻止開墾上會遇到的困難是指什麼？」

是領主對港都卡蘭抬不起頭嗎？還是像古時候那樣，他們僱了傭兵，用武力逼迫領主嚥下要求嗎。

會是有羅倫斯協助，就能大事化小的問題嗎。

「我們領主是贊成開墾森林這邊。」

赫蘿噘嘴是因為理應保護土地的領主反過來贊成開墾森林吧。而羅倫斯縮脖子，則是嗅到了邁亞的請求有多棘手。

「領主贊成啊……」

「是。」

邁亞回視羅倫斯，明確地點了頭。剛剛還像個抓不住的狐狸，現在卻是緊盯獵物的老鷹。

「既然這樣，我區區一個旅……喔不。」

羅倫斯差點習慣性說出旅行商人，咳一聲重新說：

「我不是貴族，在領主想和港都合作的政事上插嘴，恐怕……呃！」

邁亞愣了一下，羅倫斯趕緊陪笑帶過。

原來是赫蘿在桌底下踢了他的小腿。

「當然，您這樣的考量是合情合理。」

邁亞旋即收回表情，不讓獵物溜走似的大幅盤旋，從另一個角度攻擊。

「但就是因為您商才過人，才特地來找您。」

「……」

羅倫斯輕嘆一聲與桌底腳無關的息，請邁亞繼續說。

「首先呢，我想領主單純是誤判了。森林這東西開墾容易復原難，而且不止要伐木，還被卡蘭的人灌迷湯，要在森林裡蓋炭窯和鍛造場。」

羅倫斯倒抽一口氣不是因為邁亞的話，而是聽見依然面無表情的赫蘿尾巴搖得沙沙作響。

「而且領主為了把炭和鐵運出去賺更多錢，要在森林裡闢一條大路。卡蘭的人哄他說開路就能賺取大筆通行費，他就當真了。」

邁亞的話使得羅倫斯發現事情不是填補木材差價那麼簡單，覺得事情不妙而坐正。

「若不制止，森林會日益消瘦，靠森林吃飯的人民也會跟著喝西北風。可是領主卻被銷售木材、燒炭煉鐵的利益，以及開路給人過的通行稅蒙蔽了雙眼，以為人民叫苦、森林荒蕪也會穩賺不賠。」

看來邁亞找上羅倫斯，不僅是因為羅倫斯在薩羅尼亞多管了閒事。一定是認為必須證明事情不會像想像中那麼美才能說服領主，而羅倫斯正是不二人選。

「聽說羅倫斯先生您如今雖是知名溫泉鄉的旅館老闆，從前卻是個遊歷廣闊且赫赫有名的商人。拜託您務必動用您的商業知識，告訴領主他打錯如意算盤了吧。」

誇張的讚美，當然不只是讚美而已。搬出溫泉旅館即是證明。

邁亞這樣滴水不漏的人，想必已經是先調查過薩羅尼亞的事，說不定還見過艾莉莎。特意說出我知道你是哪裡人，即是種委婉的威脅。

「請問您意下如何？只要您願意協助我們守住森林，保證奉上用林中鮮採水果，依春夏秋冬分別釀製的水果酒、蜂蜜酒、乾香菇，以及燻鹿肉、燻兔肉等野味。我用托尼堡森林的名譽發誓，那都是能滿足紐希拉各方顯貴玉舌的上等貨色。」

如此令人流口水的回報，聽得赫蘿眼睛都亮了，但那在羅倫斯耳裡完全是另一回事。那表示對方難以支付金銀幣，私下流出小部分森林的餽贈倒是在裁量權內。換言之，這是不能以公家名義回報的事。

畢竟臣子要領主收回決定，得先有死諫的準備。

若以安全為考量，羅倫斯應該立刻笑著假裝答應邁亞的請求，然後趕快收拾行李帶赫蘿開溜。如果他敢上溫泉旅館找麻煩，就借非人之人的手加倍奉還。

羅倫斯沒有這麼做，當然有他的理由。先不論身旁那貪吃鬼肚子的叫聲，開墾森林的確會造成當地居民失去森林資源。

而且羅倫斯不只背負著薩羅尼亞問題元凶的罪名，心裡還有更沉重的東西。

假如時光飛逝，今天這一刻成了遙遠的回憶，赫蘿為重溫往昔美好而雲遊天下，想找曾經聽說過的托尼堡森林時，那會是怎樣的畫面呢。

恐怕是赫蘿兀立在只剩幾棵樹，人民離散的荒地前，黯然神傷吧。

沒什麼比想像這種事更讓羅倫斯傷心了。

「嗯？」

羅倫斯往赫蘿瞥一眼，赫蘿懷疑地看回來。

他現在相當於站在岔道上。

要讓赫蘿蹲在枯槁的森林邊，伸指劃過乾涸的土壤，還是在他救下的小樹上刻段留言，等著看赫蘿發現時的乾笑呢。

羅倫斯就是如此地刻意逼迫自己。

因為一般而言，要領主撤回決定這種事是必須避免，邁亞卻要他重打領主的算盤。再加上這牽扯到買賣，問題是加倍複雜。

值得他拒絕的懸念，堆得比人還要高。

而赫蘿就坐在另一邊，抬眼看著羅倫斯。

插手危險，不插手也危險。

用腦袋裡的秤子評估各方問題後，羅倫斯說道：

「……能讓我和太太單獨談談嗎？」

大概是聽出羅倫斯已經投降一半，邁亞往一旁的赫蘿看一眼，盡可能面無表情地點了頭。

「都是汝害森林被人家盯上了啦，大笨驢！」

坐在床上的赫蘿將尾巴往床上一拍又一拍。

第三次沒拍床，她把尾巴擺自己的大腿上。

「可是咱也知道這樣罵沒道理……汝在前一個城鎮那麼努力是為了咱，咱也的確因此開心極了。」

赫蘿說到這裡，往桌上記錄每天大小事的日記簿和見面禮酒桶看一眼。

兩者甜度想必是不分上下。

「而且幸好是森林的事。人世的糾紛就算了，既然跟保護森林有關，還有咱出手的餘地。」

羅倫斯有些訝異。

「那什麼表情？讓領主放棄砍伐森林不就好了唄？亮個牙就搞定的事。」

愚蠢人類膽敢踏進幽暗森林，潛藏其中的森之精靈就會露出獠牙。

在童話故事裡，可能這樣就能得到幸福結局，可現實並沒有這麼容易。

尤其是牽扯到兩把算盤的攻防。

「我當然明白妳想保護森林的心情，可是……」

「可是啥？」

「邁亞不是要我告訴領主他打錯算盤了嗎？」

羅倫斯繼續對臉上寫著：「那又怎麼樣？」的赫蘿說：

「我們只是聽了邁亞的片面之詞。事情可能跟他說的不一樣，保護森林不一定正確。」

「……」

赫蘿中了冷箭的眼神立刻強硬起來，彷彿在說砍伐森林豈有正當可言。

羅倫斯無奈解釋：

「如果是森林與精靈的童話，正反兩派都會很明確。如果要保護領主所愛的森林，事情也很單純。但一旦牽扯到金幣銀幣，還有生活由它們支撐起來的黎民百姓，該幫誰的問題就會一下子複雜很多。」

赫蘿的尾巴不悅地拍了拍。

「汝是說那頭大笨驢說謊？」

「我並不懷疑妳的耳朵，可是，他沒說的妳就聽不出真假了吧？」

赫蘿抿起了嘴。

「以種麥為例好了。要是土地不夠還硬要保護森林，這樣算正義嗎？開墾森林而使得村莊變得富庶，飢民得以溫飽的事，當然也多得是。有沒有可能是領主和人民都在期盼這樣的結果，只有邁亞一個不想失去他朝夕相處的森林，才來找我們求救呢？」

領主為了讓人民過得更好，而決定和港都卡蘭聯手計畫開墾森林，卻因邁亞找來的羅倫斯從中作梗而泡湯——事情並不是不可能變成這樣。

而到時候，對方可以輕易查出羅倫斯在紐希拉經營溫泉旅館，肯定會有數不完的麻煩。

「當然，我也可以選擇無論如何都要為了妳而保護森林。」

赫蘿看了看羅倫斯，不耐地轉過頭去。

這頭狼並不是不把人類當一回事的異教邪神。她曾堅守與村民的承諾，保佑帕斯羅村麥作豐收幾百年之久。

因此，假如守護森林反使民眾窮困潦倒，就算守住了，赫蘿也笑不出來。

羅倫斯曾經闖蕩過無數利害關係縱橫交錯的商業世界，眼前是一整排秤著各種選項的天平。

「還是說——」

羅倫斯為保險起見問：

「邁亞是非人之人？」

這樣羅倫斯就得掃開桌面上所有天平，攤開地圖重訂作戰計畫了。用決定與赫蘿牽手一輩子的心，撇開人世的損益，純為守護森林而戰。
赫蘿像是感到羅倫斯有這樣的決心，尾尖開心地甩動起來，而那似乎是不由自主的動作。注意到尾尖的動作使她懊惱地瞪了一眼，然後才嘆氣說：
「那頭大笨驢是人類。身上除了泥土和樹木的香氣，還有汝那種金幣銀幣的味道。」
羅倫斯認為自己與赫蘿最決定性的差異，並不是狼耳狼尾，也不是壽命。而是對金錢的價值觀。她對損益的觀念，堪稱是她個人的信仰。
「對。所以這是買賣的問題。」
聽到有人為保護森林而求救，赫蘿想必是恨不得立刻飛奔過去。可是這裡不是精靈居住的深山，是人類所掌控的土地。
而人世的構造又極其複雜。
「汝是想拒絕嗎？」
那略感怨懟的語氣，並不像真的在責怪羅倫斯，但也表示她不願就此放棄。就連總是勸他少惹麻煩的赫蘿，遇上森林的存續問題，也沒有那麼容易放下。
羅倫斯對自己在薩羅尼亞出自善意的行動意外影響到托尼堡森林，當然是覺得脫不了責任，也希望能顧全赫蘿的感受。
然而在這樣的狀況下，邁亞的請託中仍有個會讓他踩住腳步的懸念。

還不如赫蘿謊稱邁亞是非人之人，事情會好辦一點。

想到這裡，羅倫斯嘆了口氣。赫蘿常因為酒喝多了或偷吃東西，撒些啼笑皆非的謊，在重要的事情上卻是一個字也不會瞎說。那麼，這裡只有一個人騙得了欲以自保為優先的狡猾前旅行商人。

那就是有條三寸不爛之舌，從小販升格當老闆的——他自己。

「這件事說起來——」

羅倫斯深呼吸如此開口，赫蘿癱軟的耳朵有一隻高高地豎起來。

「先不論領主的判斷對不對，要買木材的港都卡蘭這邊，是有點不太尋常。」

赫蘿的紅眼睛向上一睇，望向羅倫斯。

「木材商沒能成功壓下關稅，看上托尼堡森林的便宜木材這部分還很合理。買賣的道理本來就是如此。但是我記得，港都卡蘭也傳出了說不定會調降關稅的消息。」

「唔……嗯？」

赫蘿無法分辨那是不是好事，皺眉瞇眼。

「卡蘭等於是放掉寶貴的稅收，另一方面又把手伸向托尼堡要買便宜木材。計畫迂迴成這樣，還真是大費周章。從表面上來看，兩件事連不太起來對不對？都沒錢買木材了，怎麼還能放掉關稅呢。」

赫蘿盯著羅倫斯縮縮脖子，視線往斜上瞟去。

「……這樣說來，是有點道理。呃，那麼那個叫卡蘭的地方，跟汝耍了威風的城鎮一樣嗎？」

賢狼拿出賢狼的樣子，說到了重點。

如同薩羅尼亞的木材關稅會影響到下游的卡蘭，卡蘭或許也只是某條木材供應線的一站。

也就是在卡蘭之後，說不定有某個地方也想買便宜木材，需要薩羅尼亞和卡蘭都降低關稅。

「嗯。可是這樣就怪了，卡蘭要降的關稅只限木材嗎？」

若要羅倫斯說說他喜歡赫蘿哪裡，一定會提到比他聰明這點吧。

羅倫斯咳兩聲掩飾喜悅，回答：

「就我聽說的，不只是木材要降稅，所以才怪怪的。背後肯定有牽連到整座城的大事。」

赫蘿稍微聳肩，抓起盤在床上的腳趾。

「這樣的話……會是什麼事？」

羅倫斯本來就意願缺缺，現在事情又愈講愈複雜，使得赫蘿有點抬不起頭。換言之，那將是他拒絕的理由。

而羅倫斯心裡也是真的想拒絕。

但人的觀點，很容易因為一個念頭就截然不同。

「妳不妨自己猜猜看。」

「唔，嗯？」

「都說是會關係到整座城的大事嘛。」

直覺敏銳的赫蘿之所以沒想到，或許是因為羅倫斯的態度很消極。畢竟這件事，就像馬在自己鼻頭吊根蘿蔔一樣。

「卡蘭在畫一張大餅，可憐的托尼堡森林，就快被他們搶走了。這麼大的事，背後基本上都會有什麼？」

「嗯，唔？」

「賺大錢的機會啦，不是嗎？」

「啊！」

羅倫斯還在當旅行商人那幾年每晚都在作發財夢，惹來赫蘿的白眼。現在的他，早已沒有那種野心。

失去野心，是因為他得到了心目中比賺錢更重要的東西，願意用一生去守護。

而這個羅倫斯最想守護的赫蘿，耳朵正焦躁地交錯擺動。帶著有些愧疚又有些期待，愛慕者絕不能坐視不管的表情，對羅倫斯瞄呀瞄地。

於是羅倫斯決定以後一定要赫蘿還這個人情，如此說道：

「整件事透露出賺大錢的味道，會讓當過旅行商人的大傻瓜忍不住湊過去。」

赫蘿眼睛亮了起來，尾巴搖得像小狗一樣快。

羅倫斯小心地不讓嘴角勾起來，繼續說：

「我再確定一次，邁亞的感覺不像是有說謊吧？」

赫蘿的狼耳明顯豎起來，搖了搖頭。

「一點也沒有編故事的樣子。」

這回答讓羅倫斯只得重重嘆息。

「要是結果讓人笑不出來，可不能怪我喔。」

開墾森林可能是為了人民的將來，要是被領主記仇，還要在如何保住溫泉旅館上操心。卡蘭為某個拐彎抹角的計畫，將手伸向了托尼堡森林。羅倫斯他們不僅遭到牽連，還可能一枚銀幣也賺不到。

可是年紀比羅倫斯大多了的賢狼，這陣子說過這樣的話——

「是哭是笑，都一樣是咱們旅行的回憶。」

無論是怎樣的事，兩人一起度過就是好事。即使寂寞、煩悶，甚至痛苦，全都是自己依然活著的證明。

或許聖職人員會說這樣的想法太頹廢，在這樣的狀況下，這聽起來也完全是自我安慰的藉口。

事實上，它也的確是藉口。

想要當個悲觀的人，世上多得是材料。赫蘿也曾因為觀點總是悲觀，想結束與羅倫斯的旅行。是羅倫斯撥開了她的烏雲，而她其實也很想找一隻手握住。

而當時握住的手，給了她現在快樂的每一天。

「妳是隻狡猾的狼。」

說不定，從一開始就註定會變成這樣了。

若只想著明哲保身，他們不會牽起彼此的手。

「……還是個咬住獵物就絕不鬆口的狼吶。」

赫蘿牽起羅倫斯的手，將純粹的感謝都寫在了笑容上。

那是比黃金還要貴重，如熟成葡萄酒般頹廢的報酬。

羅倫斯笑著自己的傻，牽起赫蘿的手，深深擁入懷中。

經過一小段時間，羅倫斯告訴邁亞他願意接這個請託。

為渡船乘客沿河送馬的馬夫，再過一天才到稅關。羅倫斯領回自己的馬之後，找了個要在稅關歇腳一陣子的商人，和他簽了張預定在卡蘭交還貨馬車的契約，再加上幾枚銀幣，成功借到了他的貨馬車。車況有點老舊，但也沒什麼好嫌的。

「寫張紙握個手就能交換東西？咱還是搞不懂汝等的規矩。」

這麼簡單就能以不知是否實際存在的商品作擔保，和素未謀面的人輕鬆完成交易。赫蘿不管看幾次，都覺得商人們這種建立在信用上的交易方式很神奇。

羅倫斯一邊將馬繫上貨馬車，一邊苦笑著說：

「在我看來，用一個吻就保證永恆的愛才是最神奇的交易呢。」

用腳尖戳著一旁整堆硫磺袋的赫蘿當然不會因此臉紅，就只是哼一聲而已。

「就是說啊，咱也真是夠好騙的了。」

「小人交的貨應該有對得起這份契約喔。」

繫好了馬，羅倫斯開始往貨台放行李，回的話惹來赫蘿的冷笑。

然後她輕巧地跳上貨台。

「是啦，東西還不錯。這次的事當然也得包在裡面喔。」

一肘擺在貨台邊上拄著臉，笑得頗有深意。

「這是一份很值得的工作。」

赫蘿露齒一笑，終於接下羅倫斯拿來的硫磺袋，排上貨台。

「請問準備好了嗎？」

剛裝完行李，邁亞騎著馬過來了。

「好了，麻煩您帶路。」

先一步坐上駕座的赫蘿稍微往邊緣靠，羅倫斯抓起韁繩。

邁亞不愧是森林監督官，三兩下就調轉馬頭出發了。

即使每天都要騎著馬巡視廣大的森林，他的農夫樣仍只限於穿著，底下全然是貴族的臣子。繫在背上的小弓不是裝飾，一發現野兔就能從馬背上一箭中的。就連老練的獵人，也要經過專業訓練才做得到，算起來已經是戰技了。肯定是發現森林有入侵者就會毫不留情地放箭，對劍術也頗為嫻熟。

此外，領主進森林打獵時可能也都是由他帶路，一路下來都不在貨馬車左右。

他完全將羅倫斯夫婦當成貴族，不厭其煩地反覆上前看路，拿獵來的野兔跟路上旅舍換點休憩和餐飲。天色漸暗，就帶到鄰近村莊的小教堂，與和藹的老祭司度過安穩的夜晚。

如果少了他，恐怕就沒有這種待遇了。不是只能找到滿是蝨蚤的劣質通鋪，受不了就自己起火野宿。能在路過的村落租一張乾草床，就算走運了。

能讓赫蘿對陸路擺臉色的理由，實在多得是。

「真想再找個隨從喔。」

隔天早晨離開教堂前，赫蘿說了這種話。

那多半是在損羅倫斯剛從紐希拉下山時，光升火就升了半天，但為了家庭和諧，他決定裝作沒聽見。

過了一陣子，邁亞在前頭下了馬，要他們注意前方。探頭一看，原來是小溪上有條破橋。

「這條橋很老了的樣子……有地方可以直接過河嗎？」

橋下的流水很難稱作河，比較接近細長的水窪。但水質出奇清澈，兩岸草木繁盛，雜樹林一處又一處。到現在他們才注意到，背後的來路曾幾何時已不見平野，取而代之的是起伏與樹林。

「這附近從以前就有很多湧泉，到處都是這種小溪。據說我祖父的祖父那代，這裡曾有大河經過。」

當然，他們立刻想到大蛇傳說那條河。

之前都沒特別想過曾經存在於薩羅尼亞附近那條河的去向，多半就是這一帶。

「這附近走到哪裡都跟濕地差不多，不小心一點，貨馬車恐怕會陷在泥裡動彈不得。」

羅倫斯點點頭，對赫蘿使個眼色。

赫蘿無奈地跳下駕座，卸下才在稅關裝載的行李。

「上天保佑。」

羅倫斯假裝沒看見赫蘿嫌惡的臉，頗為認真地向神祈禱，駕馬拉空車過橋。

嘎吱嘎吱響個不停的橋令人冷汗直流，同時羅倫斯也明白了托尼堡森林為何能維持得如此廣大的部分原因。這附近沒有高山，但土地並不平坦，到處都是不知水窪還是溪流的水體。這樣沒辦法種田，排水差的地方也容易發生瘟疫，不適人居。當然，攻打起來也特別辛苦。

托尼堡能守護濃密森林到這個時代，部分原因肯定是出在誰也無法善加利用這塊土地上。

「總算是平安過來了。」

就算回來時橋垮了，變成溪裡小魚的住處也不足為奇。邁亞那麼頻繁地先行探路，也不是刻意營造用心帶路的感覺，是真的有危險。

「好，繼續走吧。只剩一小段了。」

僅管旅程遠遠稱不上閒適，赫蘿的心情倒也不算太壞。說不定是因為到了這裡，連羅倫斯都聞得到深林特有濃烈的水土氣息。

後來沒過多久，邁亞加速向前，停在岔道口上。一條是繼續往南，另一條細得像獸徑，轉向西方。而那座黑森林，總算是出現在小路的另一端。

托尼堡的幾個聚落都圍在森林週邊，其中一個是領地的中心，規模足以設立市集。領主的宅邸位在南方的一口大池邊，與每個聚落都有段距離。

邁亞帶的這條路，會通往最大的村子。

不過這條路只是勉強看得出是路，沒有外界商人旅人頻繁來往的感覺。
因此，跟在邁亞背後走的途中，羅倫斯立刻察覺了那個人影。
有個老人坐在樹墩上，一認出他們就立刻起身。
邁亞說他就是前面那村子的村長。
「喔喔，救星到了！來我們市集的商人都在說，您解決商業問題的手法簡直像魔法一樣呢！」
「沒有魔法，是神的保佑。」
要是被迷信的村民以為真有魔法，以後就麻煩了。然而村長的表情，已經把村子面臨存亡危機的急切都寫在臉上，不等邁亞介紹就連說帶咳地說明起來。
「要是砍了這片森林，我們日子就過不下去了。不，還不止這樣，恐怕有巨大災害降臨在周圍每一塊土地上啊！」
說得像聖職人員講經一樣誇張。赫蘿表情肅穆地點點頭，羅倫斯則是掛著商人面皮。
聳動的事商人聽多了，本來就不能隨便當真。可是村長也不遲鈍，感受到了羅倫斯不當回事的態度。
「這可不是比喻啊，大商人。」
羅倫斯驚訝地看過去，只見村長以老人特有的濕濡眼睛注視羅倫斯說：

「領主什麼都不懂。砍了森林，我們的豬跟羊是要吃什麼長肥啊？會惹來怎樣的禍害就更別提了！」

前進的路上，邁亞沒有安撫說得愈來愈往前傾的村長，依然在前方替他們帶路。

羅倫斯往他的背影瞥了一眼，問道：

「您說……豬？」

原以為村長會以異教徒那般對森林的崇愛為出發點來講述這場砍伐危機，再加上大量開採需要勞力，村民會過著形同農奴的苦日子。

但實際聽到的卻是豬跟羊等意想不到的字詞。

羅倫斯的疑惑反應，使村長滿足地深深頷首。

「蜂蜜、樹果那些城裡人常說的森林的恩賜，其實都無關緊要，連木材都不是最大的恩賜。絕不能失去的，是森林裡那些沒沒無名的雜草。」

陪不了笑，也不敢輕易贊同的羅倫斯往赫蘿看，請她指點。結果就連比誰都懂森林的赫蘿，也是不明就裡的表情。

「森林的雜草，是我們豬跟羊的食物。像您這樣四海為家的商人，應該知道拉貨馬車少不了的寶貴馬匹，是用森林裡的野麥養的吧？」

市面上的馬飼料是以野燕麥為主，口感太接近雜草而不適食用。這羅倫斯當然曉得。

「失去了森林裡的雜草，我們不止會一併失去羊奶和豬肉而已。您是從薩羅尼亞來的吧？那一定見過那邊的麥田是多麼壯觀。」

話題接二連三往想不到的方向發展，慚愧使得羅倫斯話都說得支吾了。

「見是見過……那個，真的非常壯觀……怎麼了嗎？」

「是啊，真是片好麥田啊。可是我們的領主，卻不懂薩羅尼亞等週邊地區的小麥，究竟是受了多少畜肥來滋養才能長得那麼茁壯。」

長年苦重的農耕生活，削光了這位老人家的餘贅。這位村長堅信不移的模樣，充滿了令人不敢輕易反駁的說服力。

羅倫斯曾以支撐商業最底層的旅行商人身分巡迴各地，對世間種種細節的了解程度頗有自信。

可是這位村長所說的，是甚至進不了旅行商人的視野，從更為根本之處支撐大地的事。

「手不會沾染沙土的人，很難想像飼養家畜需要多少飼草吧。休耕地和牧草地長的那點，根本就不夠塞牙縫。而我們的托尼堡森林，甚至將領地內外缺少的部分都一肩扛下來了。要是領主知道我們在販賣畜肥上下了多少苦心，他一定會驚為天人地發現，原來自己的領地是一大畜肥交易中心。」

商人的眼睛，只看得見陳列在市場上的商品。即使是連鯡魚卵都能賭的商人也不去碰畜肥，更別說是關注豬羊飼料了。家畜和馬匹不一樣，會自己從大地覓食，不需要另外花錢買特定食物。

邁亞注視著說不出話的羅倫斯。他在稅關半個字也沒提到這些，多半是認為稅關充滿商人與旅人，氣氛太過自由，談滋養和大地的事，容易被當耳邊風。

不管說什麼，都該適時適所。

其效果，正充分呈現於此。

滴水不漏的邁亞看準了時機說：

「羅倫斯閣下，我的工作當然也包含保護森林不受盜伐者入侵，但每天真正在監視的其實是民眾，不能讓他們亂放家畜吃草。」

「畜肥是農田的黃金。麥種播下去，能結三倍還是七倍的實，全看肥有沒有像雨一樣滋潤田地。而畜肥的來源，完全是看牠們吃了多少雜草。」

一份麥種只能收穫三倍的田並不少見。扣掉自己要吃的和明年播種的份，就幾乎什麼也不剩了。哪怕稍微有點歉收，馬上就要陷入窮困。如果想要在市場上堆放一袋袋麥穀，被鄰近土地稱為小麥產地，需要有五倍的量。就連最知名的肥沃土地，七倍也是需要謝神的大豐收。

旅行商人時代那些知識，都是因為事情離市場夠近才能勉強沾上。他從來沒想過畜肥是那麼重要，而支撐畜肥產量的，居然是森林裡的雜草。

即使當年在各個村落進進出出，買賣了不少小麥，他也不過是表面上對村莊無所不知，其實只懂了些皮毛罷了。

「領主若執意砍伐森林，我們不止會因為被徵召去砍樹而導致窮困，還會失去森林的雜草，使得鄰近地區的家畜日益消瘦，麥田也會像河水一樣枯乾，每個人都要喝西北風了。」

羅倫斯不禁猜想，會是曾在麥田待過幾百年的赫蘿一開始就明白這件事，刻意引導他去解決這件事嗎？

可是再度往旁邊一看，卻見到她在駕座上擺臭臉。

原以為赫蘿是為麥田的危機而憤慨，但注意到她在避免對上視線之後，才發現這個用家畜糞便施肥的農法，不只是羅倫斯這樣的商人不懂，連森林的精靈也一無所知。

這時，羅倫斯想起赫蘿正是存在意義遭人類智慧築起的農法取代，被趕出了她執掌幾百年豐收的帕斯羅麥田。一如此刻，村長正熱切講解森林木種與雜草疏密、家畜放牧週期和麥穀收穫的關係，卻對神隻字未提。

為祈求豐收而在密不透光的黑森林獻祭的時代，早就已經結束了。赫蘿是全心全意想要守護森林，但森林已經沒有赫蘿他們的棲身之所。

「大商人，您可要聽好了。」

羅倫斯赫然回神，視線從赫蘿回到村長。

「從這裡坐貨馬車到得了的範圍內麥作，都可以說是由托尼堡森林從腳底下撐起來的。可是領主卻忘了大地的道理，聽信海上那群人的讒言。」

邁亞將村長的怨言接下去說：

「海邊的港都，和內陸城鎮或村落的運作方式很不一樣。對他們來說，麥子不過是經手的商品之一。要是歉收了，從國外進口幾船麥子，高價賣出就行。」

羅倫斯以前也是凡是能賺錢的東西都毫無節制地堆上貨馬車，一城又一城地送，現在聽來十分刺耳。

「可是，領主之所以贊同，好吧……要說道理，還是有的。」

邁亞這麼說時，單純割草清出來的粗陋小徑，已是平時有人來回踏實的道路，能看見森林邊有些許的平野和農田。

或許是收割期比薩羅尼亞還早，已經割完很久的樣子。

「港都卡蘭的目的不只是木材。疑似是藉由開路穿過森林，來重畫地圖。」

「地圖？」

羅倫斯反問之後，村子中心也看得見了。

廣場上的小市集裡，排列著收成的小麥和其他蔬菜，森林裡採來的樹果和蜂蜜。規模不大，人卻是出奇地多，還能見到貨馬車。

小而充滿活力，這就是羅倫斯也深知的農村市場。

「領主可能是想用森林作交換，讓這個市場繼續留在地圖上。」

羅倫斯頭點到一半，覺得奇怪而打住。

「可是開墾森林以後，不就——」

這裡雖是黑森林邊的村落，產業卻不是以伐木為主。支撐全村經濟的，是受到森林滋養的田地和家畜。

「領主以為，鐵錠和木炭能彌補這些麥子和蜂蜜的味道。」

「打鐵的煉鐵場，將會飄出燃燒周圍麥田的味道吧。」

邁亞在稅關的酒館曾說，領主誤判了，看來果真如此。

錯在影響並不限於托尼堡森林，還會牽連薩羅尼亞的大片麥田。

羅倫斯開始明白，這真的是絕不能犯的錯。

第二幕

村莊很少會歡迎外地人，何況對方是來推翻領主決定的計畫，必須加倍慎重。

羅倫斯也感覺到，就連和邁亞一起遠迎的村長，八成也把他們當成必要之惡。說他解決商業糾紛的手法像魔法一樣，也是出自這樣的想法。

於是羅倫斯將自己當成來村裡作生意的旅行商人，以借宿教堂的身分逗留。

祭司是個足稱老好人的人物，誠心歡迎羅倫斯等人，當然也知道他在薩羅尼亞的事蹟。尤其熱衷於了解建立鱒魚塭的傳說級俗家聖職人員，羅倫斯也為他詳細介紹了這位來自溫暖海域的拉登主教。

羅倫斯很想向祭司打聽村子和森林的詳細狀況，無奈祭司雖然虔誠又受人敬重，對村子或領地的經濟狀況卻所知甚少，只是哀傷地說但願領主與領民的靈魂能獲得安寧。要是到處替教堂收經營爛攤的艾莉莎聽見，恐怕要扶額抱怨又來了。

就這樣，眾人經過了一頓愉快但沒什麼收穫的晚餐。

節制肉量而過於平淡的餐點讓赫蘿沒吃飽，一回到旅人客房坐下來就解開行李翻燻肉出來啃。

可是樣子不像平常那麼津津有味，邁亞給的蜂蜜酒也只沾了幾口。

森林面臨危機，村民們擔心的卻不是森林本身，更不是裡面的精靈，而是家畜的糞便。赫蘿或許知道她沒道理發火，但也夠她生悶氣的了。

另一方面，羅倫斯開始理解到事情的嚴重性，為盡可能填補收穫甚少的晚餐而向祭司借了樣東西。

「喲，汝跟人家借了啥？」

赫蘿見到羅倫斯攤在書桌上的東西便問。

「地圖啊。」

邁亞說過，港都卡蘭想重畫地圖，托尼堡領主也為了保護村裡的繁榮市場，決定開墾森林。經商的訣竅，即是站在對方的角度設想。

「教堂是人們匯聚的地方，地圖會特別可靠。」

「哪裡是哪裡啊？」

這世間不僅識字者少，看得懂地圖的人也少。畢竟大多數人一輩子都沒離開過自己出生的村子，根本沒有看地圖的必要。對於夜裡也不會在森林迷路，只要跑到山脊上一望就能確定方向的狼亦是如此。

不過赫蘿和羅倫斯一起在燭光下看過好幾次地圖，有一定的概念。

「北邊在這裡。我們就是從這條河搭船下來，然後在那裡南下，現在在這裡。」

地圖頂端畫的是流經薩羅尼亞的河，由右向左。薩羅尼亞在右，而下游處，也就是地圖左上角，八成就是港都卡蘭。地圖下方，森林南端有個湖泊或是大池，附近還畫了個像是領主宅邸的建築物。再往南，有條繞過森林的東西向道路，地圖到此結束。

占據南北之間的，即是整片塗成灰色，面積無與倫比的森林。

羅倫斯他們所在的村莊，緊靠著廣大森林的東北部。

「邁亞說，領主要從中間開闢森林，打出一條往南的路。」

燻肉裡似乎有軟骨，赫蘿嘴裡發出恐怖的喀吱聲。

燭火照亮她的紅眼睛，牙齒也閃閃發光。

「真是個大笨驢喔。」

赫蘿用力咬斷另一塊燻肉。

「以商人角度來看，港都和領主的打算都不是沒有道理。」

森林是由東北往西南斜向分布，到處都有疑似丘陵的地名，恐怕不容易以步行穿越。從七個村子中有五個在森林外，另外兩個也只是稍微進去點來看，森林真的是不曾開發過。

地圖上，教堂訪客為下一個目的地前後記下的路途，也全是沿森林繞了一大圈。

「港都卡蘭在這裡，然後森林往南走，南端這個應該是湖或大池吧，總之這裡還接了條往南的小河。也就是說，假如開一條路切過森林中央到大池這裡，就能用船輕鬆把貨物送往南北方，形成一條便利的運輸路線。」

一旦開通從森林北部的道路直達南方大池的路，大池勢將跟著設立碼頭和保存貨物的倉庫，供商人和旅人住宿的旅舍也會像蕈菇一樣冒出來。周圍都是濃密的森林，造屋造船不缺建材。會立刻想到順便蓋炭窯和鍛造場，乃商人之常情。

既然聯通南北，北側又通往海港，肯定是輸出這些炭、鐵、木材的最佳通路。不難想像，村莊很快就會熱鬧起來。

「有人路過就能收稅，木材也能賣得跟飛的一樣。然後人口增加，開始需要建設新村，地圖將大幅重畫。」

赫蘿的尾巴不開心地左右大擺。

「可是人家不是說接受了這個計畫，這座村子就要完蛋了嗎？這是為啥？」

赫蘿指著他們所在的村落說。

如果從窗口探出去，說不定見到空中飄了根漂亮的指頭。

「問題出在卡蘭的位置。妳看森林這邊。」

羅倫斯指向托尼堡森林。

「先想像這張地圖再往外擴大一大圈。如果卡蘭要買內陸的貨，會被這片森林擋住，只能依靠經過薩羅尼亞的那條河。這一點，對沿岸領主也是一目瞭然。」

赫蘿抬起下顎又放下。

「就是脖子被人揪著的意思唄。」

就算港裡有船，無法和內陸聚落搭上線，滿倉庫的貨也只能等著腐壞。現在那條河是他們對內路銷貨的唯一通路，假如羅倫斯也是沿岸領主之一，無疑也會針對弱點課以重稅。

所以卡蘭才想開一條路通往內陸，爭取自由。

赫蘿將銜在嘴裡的燻肉上下晃動起來。

「卡蘭恐怕是要脅托尼堡領主說，假如他拒絕加入計畫，新開的路就會不得不遠遠繞過森林西方之類的吧。」

羅倫斯的指尖划過地圖左端。

「一旦路開在森林西邊，原本經過這村子往南的商人所構成的細流就會完全乾掉了。至少來自卡蘭的商人，沒有理由坐船往森林東邊走，去支付山一樣的關稅。如此一來，村子就會失去人家路過而順便做的買賣。這裡的村民將會被迫揹起自己的貨物，翻山越嶺去賣，更別說這裡路況不好了。」

赫蘿叼著燻肉嚼呀嚼地。大概是在想像來時過的那條破橋吧。

「不過應該有某個緣故，讓卡蘭很難在西邊闢一條繞過這座大森林的路，不然早該闢了。」

地圖沒畫出來，不知實際如何，但西邊應該已經有沿海的路才對。肯定是因為另外在西邊開路，等於故意擋沿途領主的財路之類。
卡蘭很可能是正在發展途中的新興港都。可是週邊早已坐滿手握大權的老屁股，沒有卡蘭擠進去的餘地。
事情大概就像小孩一天天長大，卻被舊衣勒得很痛苦一樣。
「不管怎麼說，開路都是一件勞師動眾的事。」
羅倫斯邊說邊往赫蘿手上邁亞送的蜂蜜酒看，赫蘿不情不願地交出去。捧來喝一口之後，連同接下來的話一起還回去。
「河流容易徵稅，普通的路就難多了。所以領主通常是用強制徵召週邊居民做徭役的方式，來補貼鋪路或維修的費用。居民會在權力壓迫下，每週被迫做個三、四天白工。這段時間農田當然是沒人耕作，生活會愈來愈苦。我還以為他們會說村子是要被這種問題壓垮呢。」
但村長講的始終圍繞在家畜、麥田需要畜肥、森林養肥家畜的循環上。
「看樣子，就算屆時會有徭役，也不會重到哪裡去。也就是說領主其實心腸不錯，不會過分使喚人民。可是這樣一來，就要找其他東西來填補缺口了。」
赫蘿放下了拿到嘴邊的酒，理智的目光灑落在地圖上。
「剛說開路辛苦，開一條穿過森林的路自然是辛苦好幾倍。可是在這裡開路，能把木材砍下來賣，以後還會有煉鐵場等建設可以賺錢，不愁沒有開路經費。尤其是卡蘭需要木材，哪怕有很多事要向托尼堡領主妥協，這也是一門穩賺不賠的生意。而對領主來說，與其讓他們繞過森林，好處還不如接受計畫來得大，即使代價是失去一部分森林。」

「嗯嗯。」

「而且邁亞感覺上是個優秀的森林監督官。領主會命令他找出森林裡最適合的路線，而且他真的會找出來了吧。」

就這樣，領主與卡蘭在議會上都認為合算，便決定合作。

「到這裡，是商人的世界。」

羅倫斯問道：

「那狼怎麼想？」

聽他一問，赫蘿嘆息似的哼一聲，在床上重整坐姿，接著甩頭撕開筋多的燻肉。她舉止像狼的時候，通常心情都不好。

「在那種地方開路，簡直蠢到了家。」

羅倫斯看看地圖，再看看赫蘿。

「是因為村長說的那樣嗎？」

會失去森林的恩賜。即使不懂放牧家畜，給小麥施肥的農法，森林植物生態這方面，她應該見得比誰都更多更仔細。

「他們想開一條有很多人走的路，還要在旁邊燒炭製鐵是唄？這樣一來，這條路就不只是用來穿過森林的路，會把這大森林從中切兩半，跟製造兩個不同森林差不多。」

她似乎看出羅倫斯不知如何反應，嘆口氣繼續說：

「就拿狐狸來說唄。」

「狐狸？」

「汝等商人，看土地是先看送貨的路，也就是貓。貓是把屋子之間的路當成地盤來生活的。」

這聽起來有點意思，羅倫斯便將椅子整個轉向赫蘿。

「領主那些就是典型的狗子了。彼此說好從哪裡到哪裡是自己的，把那張紙分成一塊一塊。」

「那狐狸呢？」

「狐狸兩邊都像，可是比兩邊都貪心。森林不夠大，牠們住不下去。大森林分成兩個，不會變成兩塊地盤，只會讓牠們覺得兩邊都小得受不了。」

羅倫斯差點想讚嘆，但還是聽不懂關係在哪裡，惹來赫蘿朽木不可雕的眼神。

「狐狸跑了，老鼠就多了，小鹿也因為少了敵人而容易活下來。」

「嗯……？啊，是說這個啊。」

「鹿和老鼠兩邊都會啃草木的嫩芽，多過了頭，森林就要瘦了。最後會被葉子尖尖又很高的那種樹占滿，變得空空如也又很陰暗。以養豬養羊來說，這樣的森林算不上好唄。」

葉子尖尖的樹是指針葉樹吧。難以長高的闊葉樹容易受到鹿等草食動物的侵害，只有長得又高又快的針葉樹能存活下來，漸漸從高處遮蔽光線，再導致腳下幾乎長不出新的草木，的確會對村長熱切講述的雜草造成巨大影響。

「就像看起來漂亮極了的橡果一樣。只要有條蟲鑽進去，裡面肯定已經蛀得亂七八糟了。」

開路穿過托尼堡森林，建造炭窯煉鐵場，再用這裡的木材取代來自薩羅尼亞的木材。即使結果能維持森林的外觀，內部也已經出現巨大變化。

的確就跟蛀蟲在樹果上開個小洞，把裡頭啃得千瘡百孔一樣。

「對咱來說，是還可以慢慢看森林恢復原狀啦。」

從她的口氣，可以知道那需要以人類壽命無法衡量的悠久歲月。

自然也表示村長和邁亞的話並非危言聳聽。

「不過，邁亞他應該也向領主解釋過這些了吧？」

赫蘿什麼也沒說，只吸了一口酒。邁亞那麼優秀，赫蘿多半也覺得他不會不懂這些道理。

如此一來，領主不是太疏於農事而無法理解，就是理解了也認為問題沒那麼嚴重，執意決定與卡蘭合作，於是進退兩難的邁亞才會向羅倫斯求救。

羅倫斯嘆口氣站起來，坐到發悶的赫蘿身邊，往床上一倒。

赫蘿五味雜陳的表情，探進他盯著天花板的視線。

「至少在紙上，領主認為他計畫得很周全吧。」

所以才會大膽踏出這一步。懸念有是有，但毫無懸念的賺錢計畫，不是騙局就是考慮不周。領主的決定不像是出自愚蠢。

邁亞希望羅倫斯替他撥正領主打錯的算盤，說這計畫根本是註定失敗。

那麼，該怎麼做才能保護森林與麥田呢。

羅倫斯長嘆一聲，視線忽而轉向依然坐著的赫蘿側臉。

機警的赫蘿也似乎立刻注意到他的視線，耳朵挺了起來。

可是沒有轉頭，於是羅倫斯說：

「我可沒有怪妳把我丟進這麼棘手的問題裡喔。」

赫蘿的尾巴馬上脹得像隻深呼吸的兔子。

「俗話不是說，狗走多了總會碰到骨頭嗎。」

「……」

赫蘿稍微轉頭。她難得露出這麼厭惡的表情。

「那是古時候留下來的諺語，意思是任何行動都會引發某些結果。」

羅倫斯笑了笑，用左手手指勾纏手邊的尾毛。

尾巴當場躲開，往羅倫斯手背上打一下。

「所謂福禍相依，何異糾纏。」

羅倫斯死皮賴臉地捏一撮赫蘿的尾毛，捻成一條捲在手指上。

「好事和壞事，就像捻成的繩子一樣互相交錯。而這條繩子十分堅韌，能繫住重要的事物。」

赫蘿看著自己被玩弄的尾巴，表情從近乎贊同變成不悅。

「後半是汝胡說的唄。」

「現在還沒流行啦，以後一定會在紐希拉傳開的。」

赫蘿瞇起眼，然後無力地垂下肩膀。

「而且現在能遇到這個問題，其實是好事。要是薩羅尼亞這麼大的小麥產地貧瘠了，必然會輾轉使得紐希拉要花更多錢來買。就算說服不了領主，我們也能提早做好對策。」

大概是羅倫斯一說起商業話題，渾身熱度就不一樣，赫蘿毫不懷疑地聽下去。

「只要不犯太大的錯誤，這件事完全對我們有利。」

剛接受邁亞求助時，他還得自欺似的說服自己，但這句話卻是貨真價實。

羅倫斯不再纏捲赫蘿的尾毛，用掌心撫摸起來。

即使經過宿醉和坐車，有好一段時間沒有整理，卻依然蓬鬆柔軟。

平時赫蘿討厭人家弄她尾巴，顯得不太高興，但還是忍受了。說不定是把羅倫斯捲入這看似無法解決的問題，有點罪惡感。

但所謂商人兩條舌，其實羅倫斯已經有個頭緒。搓弄赫蘿的尾毛，就是在整理思緒。

羅倫斯並不認為自己優秀到哪裡去，只覺得比他人有利。這是來自赫蘿的存在，由於知曉這樣的世界，才能用他人無法想像的角度觀看事物。

這場開墾森林的計畫亦是如此。

「總之，只要讓領主覺得計畫不合算就行了。既然這樣，應該會有方法才對。」

赫蘿驚訝地睜大眼睛。

「真的？」

「大概吧。只是，有幾件事要確定一下，明天我去跟邁亞談談……」

說著說著，羅倫斯打了個大呵欠。今天一直趕路，又遇上了久違的大難題，腦汁用得超乎想像地多。

睡覺之前得捻燭關窗，這時候夜裡會冷，要加件被子……想是這麼想，可是渾身發懶，眼睛又睜不開。

這時眼皮另一邊的光線忽然消失，關窗的嘎吱聲之後是更大的床架擠壓聲，接著有條被子蓋了上來。

如此羅倫斯重複了無數次的睡前一貫作業，大約每年一次，可以不用他來做。

「咱可是掌管豐收的狼吶。」

赫蘿在被子底下低語。

這晚，羅倫斯夢見自己變成埋在地下的種子。

一心想著努力茁壯，開出漂亮的花。

兩人和老祭司一起在聖堂作完晨禱，接下村人滿懷感激地獻給神，在祭壇上擺得乾巴巴的老麵包。無奈地啃著啃著，邁亞來接人了。

他還帶了剛從村裡公共麵包窯出爐的麵包過來。大概是領主造訪時，和老祭司一起用過簡素餐點後，他都會這樣接待領主。

「其實我，也為該給您看些什麼想了很多。」

走在晨間的農村裡，邁亞對啃著臉一般大的新鮮麵包的赫蘿微笑致意，並對羅倫斯這麼說。

「真的要先從……村子的鍛造場看起嗎？」

邁亞像是覺得先看小市集或麥田，會比較容易深入問題核心，而羅倫斯仍點了頭。

「對。」

邁亞表情一沉，像在擔心昨天村長的話都白說了，不過羅倫斯自有他的目的。邁亞也不好拒絕他的請求，便帶領兩人往森林走。

鍛造場這般需要大量水和柴火的地方，基本上都設在森林裡。

「對，昨晚我跟祭司借了地圖來看。如果地圖正確，其實領主的決定也不無道理。」

接著羅倫斯對點頭的邁亞問：

「港都卡蘭為了求發展，急需打通一條往內陸的路，我這樣說沒錯吧？」

「沒錯。卡蘭有個好港口，可是因為托尼堡森林擋在中間，往內陸的救命繩就只有兩位走的那條河而已。然而……」

邁亞欲言又止時，有一群山羊和綿羊的隊伍正好橫過前方。

從趕羊的村人和邁亞說了不少話來看，他們接下來也要進森林。

「我對森林裡的路開好以後，能吸引到多少人去用，也抱持不小的疑問。」

先不談村長，至少邁亞不止擔心森林荒廢，還擔心領主打錯算盤一敗塗地。

「您是覺得利益不會有港都卡蘭向領主保證的那麼好聽嗎？」

領主是由於日後的各項利益，才同意開墾寶貴的森林。肯定是認為順伐木之便造出的路，會有來自卡蘭的商人經過，能徵得大量通行稅。

「這條穿過森林的路乍看之下是很方便。順森林南端那條小河下去，能一路通往羅姆河。

可是途中沒有大城鎮，而且下有凱爾貝，上有雷諾斯兩大城鎮在掌控。雷諾斯就像是凱爾貝的忠僕，而凱爾貝對卡蘭來說根本是專門欺負人的大哥。因為他們都是港都，貨物很類似。」

羅倫斯想起昨晚赫蘿提到的地盤。

城鎮裡，貓與狗的地盤構成了所謂的商圈。

能在其中流通的商品有其限度，占多者勝。

「凱爾貝怎麼會樂見卡蘭跑來他們地盤搶生意呢。再說卡蘭不用森林西邊靠海的那條路，就是因為那是凱爾貝的地盤，在關稅上會有數不完的麻煩。」

昨晚看地圖做的推論，目前都中了。

邁亞也認為，卡蘭不會沒想過這些問題。

所以結果就是好心的領主受騙上當，要吃最大的虧。

邁亞正用他獵人般的眼緊盯著這個可能。

「但不是商人的我說這些話，領主根本聽不進去。說服力大概跟我講出海捕魚一樣低吧。」

諫言由誰來說，是非常重要的事。

「然後森林雜草和麥子的事，規模又太大。那種事，只有曾經在森林、農田和廣大天空下耗費大量時間的人才會懂。」

對從商的人而言，這種意想不到的連鎖可說是天天都在發生。因此，羅倫斯才能迅速消化村長他們的憂慮，理出頭緒。何況他身邊還有赫蘿這樣的森林居民。

不過聽了邁亞說這麼多，羅倫斯仍不悲觀。因為他昨晚摸著赫蘿的尾巴想了想之後，幾乎是肯定自己能動搖領主的想法。

在邁亞的領導下，一行人離開村莊往森林走。民房很快就消失不見，樹木愈來愈多。爬過一小段和緩的上坡，立刻就是濃濃的森林。

村裡的路是連小石子都顯眼的夯實地面，中途變成能長草的土地，現在則是腳會下陷的腐植土。上頭還蓋了層厚厚的枯葉，像踩著雲朵一樣。

早晨的森林裡充滿濕土的氣息，閉上眼睛就彷彿回到了紐希拉，但味道有一絲絲不同。這時頭上沙沙作響，有松鼠竄過枝條，腳邊有條傻老鼠從枯葉縫隙間蹦出來，趕緊躲進樹洞。看樣子，這裡比紐希拉的森林熱鬧多了。

「好森林吶。」

與邁亞邊走邊說一會兒後，他又和昨天一樣提前探路，赫蘿跟著低語。

「他說這條路以前是河道耶。」

這條比周圍地面下凹不少的林中小道，像是有人砍倒了一整排的樹，還把殘株刨得乾乾淨淨。雨水會沖土成溝，日久成溪，溪再因巨樹圮倒或落葉堆積而改變流向。赫蘿曾在紐希拉的深山裡告訴羅倫斯，山林其實經常在變，而托尼堡的森林則更有活力。

邁亞說過，托尼堡森林及週邊地區到處是湧泉，造成地形起伏豐富，活力便是源自於此吧。要開路，八成就是要沿著這條河床遺跡開了。實地見過森林的樣貌後，羅倫斯更加肯定自己的預測。

計畫一定能順利進行。

赫蘿不知對羅倫斯的心思了解多少，天亮到現在都不曾多問，羅倫斯也沒特別解釋。這是因為，在特定狀況下解釋會更有效率。

懷著變成小老鼠的感覺，在樹葉鋪天的林中小道走了一陣子後，前方豁然開朗。那是蓊鬱森林中的廣場，似乎會有魔女佇足的靜謐池塘。

池邊，有兩個滿布青苔，彷彿隨時會倒的建築。

「有討厭的味道。」

羅倫斯對赫蘿的牢騷莞爾一笑，和邁亞一起走進建築，很快就聞到木炭和鐵的味道。不同於森林的濃郁芬芳，那是種會刮削鼻腔的尖銳味道。

「哎呀，這不是邁亞先生嗎。」

建築之一是沒有牆的亭子構造，屋頂下有各種沒用了的鐵製品和炭堆。還有個打赤膊的壯年男子埋於其中，正渾身冒煙地辛勤工作。
「師傅，今天也一樣忙啊。」
「嘿，我怕一閒下來，就被森林給吞掉了。」
邁亞喚作師傅的男子轉向背後的森林，摘下厚重手套，側眼一瞥羅倫斯和赫蘿。
「他們不是來拜師的吧。」
赫蘿哼一聲轉一邊去，像是在代表森林居民抗議。羅倫斯則笑臉相迎，代她問候。
「這兩位是旅行商人羅倫斯和他的太太。在開路這件事上，他站我們這邊。」
聽了邁亞的介紹，師傅「喔？」地點點頭。
「這下失禮了。這裡煙很嗆吧，我們進去說。」
他大概是把赫蘿的不悅當成是熔爐的獨特金屬臭造成的了。
在森林裡執業的打鐵師傅打開另一棟建築的門入內。羅倫斯本要跟著邁亞進去，發現赫蘿沒動作而回頭。
原以為是不想進鐵匠的地盤，但她卻凝望著森林深處。
彷彿林中有同伴正在呼喚她。
「赫蘿？」
羅倫斯稍微下點力道喊她。

「不要丟下我喔。」

略顯茫然的赫蘿這才轉向羅倫斯。

「這裡的肉乾多到我一個人吃不完。」

凝望深遠森林的紅眼睛逐漸恢復光芒。

赫蘿那幾乎要與森林同化為夢中一景的輪廓，剎那間鮮明起來。

「嗯嗯。人世裡的美味比森林裡多多了。」

回歸山林這種事，以後再說。

羅倫斯伴著赫蘿進門時，師傅正好送來了香濃的啤酒。

師傅將他用自豪的釀造鍋釀成的啤酒當水一樣一飲而盡，憤恨罵道：

「森林這東西就跟湧泉一樣，如果汲取的比流出的多，很快就要枯竭了！怎麼連這種道理都不懂！」

鍛造場建築古老得嚇人，多半是享有特權，代代流傳下來的。

牆上驕傲地陳列出一大堆不像仍在使用的器械，散發出沒有個十幾二十年無法練就的氣息。

羅倫斯將其瀏覽過一遍，自然是很快就發現他要找的東西，也注意到赫蘿一進門，表情就僵住了。

「所以我不只是要守住這鍛造場的特權，還要守住森林，領主的計畫是真的有問題。」

開路穿過森林，砍樹開新鍛造場，等於是破壞他的領域。師傅反對這計畫，並不教人意外。

「我走訪過很多國家，很少有機會見到這麼大片的森林。可以的話，很希望它能維持現在的樣子。」

師傅聽了頻頻點頭。

「所以我也想推翻領主的決定，有件事需要先向您討教。」

對森林居民而言，鍛造場就好比敵人的據點。羅倫斯瞥一眼坐立難安的赫蘿，問：

「如果要在這片森林裡蓋新的鍛造場，會有多大的困難？」

「嗯……嗯？」

師傅沒想到他會這麼問，一臉落空的表情。

「蓋鍛造場的……困難？」

「對。還是該問，蓋鍛造場有多簡單？」

「等等，這位商人，我可是在說，想蓋新的鍛造場是件蠢事耶。」

師傅不愧是獨居森林的老頑固工匠，青筋暴露的壯碩手臂交叉起來。被爐火燒捲的長鬚底下，惱火的表情壓迫感十足。

他渾身都是天塌下來也臨危不亂，事事都要自力解決，並貫徹如此信條的自負。從沒有徒弟幫忙來看，他真的是獨力打拚。

其實看一眼就知道，這房間除了鍛造工具外，各種生活用品也一應俱全。從有個角落堆滿破布，破布堆有個與師傅體型相當的凹陷來看，他真的是幾乎每天都在這林中鍛造場的小屋度過。

當羅倫斯還是一個初出茅廬的旅行商人時，時常獨自在沒有生意對手、路況不好、其他商人都不敢去的地方做生意。

因此，他也必然切身經歷過許多老在城裡舔羽毛筆尖，以為買賣就是操弄數字的商人所無法體會的事。

其中之一，曾在羅倫斯剛認識赫蘿時曾引發他們的爭執。

羅倫斯想問的就是這個。

「在森林裡新蓋鍛造場，肯定遠不如在村裡蓋新房子那麼容易。更別說還要經營了。」

仍然不明就裡的師傅背後，有寒光粼粼的大斧和大鐮，連長劍長槍都有。不像是單純拿自身作品作裝飾，把把都有經年累月的使用痕跡，可見曾用來對抗時時刻刻想吞了這鍛造場的森林。而有戰鬥的地方，就會有戰利品。

牆上掛了一大塊和師傅體格一樣威武的狼皮。

「城裡的工匠不懂森林的可怕，會揹著各式各樣的工具走過森林。好不容易蓋好鍛造場後，還要不分晝夜地留在那裡工作。怎麼樣？他們看得見明天的太陽嗎？」

師傅隨羅倫斯的視線看去，恍然大悟而深深頷首。

「原來是這個意思啊。會去村裡市集的城鎮商人裡，也有人叼了塊麵包就傻傻從森林那條路晃過來，要我幫他打鐵器。我才不會把刀械交給那種傻蛋呢。沒有比不懂森林的人在森林裡過活更可怕的了。」

師傅看看邁亞，再將視線轉回羅倫斯。

「進了森林，就是四面受敵。鍛造場在沒有月光的夜裡被狼群包圍的事，可不是只有一兩次而已。不找小鬼幫忙，也是因為小鬼很快就會被森林吞噬。」

一個不注意就遭到襲擊，再無音訊。

這種意外究竟發生了多少次呢。

「不過，我想邁亞先生一定也跟領主進言過，開路穿過森林、蓋鍛造場這種事，得先花一大筆錢來驅趕狼群。沒錯吧？」

邁亞欲言又止，點頭表示他當然說過。

沒開口，是因為他覺得羅倫斯正要接下去。

「我想，領主聽過狼的問題以後仍執意贊成開路計畫，是因為難以想像事情的嚴重性。即使他會進森林打獵野營，也總是在一群趕夫或邁亞先生這樣知曉森林之人的圍繞下吧。」

聽了羅倫斯的話，邁亞躊躇一二後說道：

「羅倫斯先生，森林裡是有狼沒錯，但也不至於那麼——」

「不不不。邁亞先生，應該是非常危險才對。由於實在太危險，要保護開路工不受狼群襲擊，整個計畫將會是需要請到傭兵團千人隊長的大事。這筆費用，恐怕是無法估計。」

說了段口氣如演戲般誇張，邁亞和師傅都不知該如何反應的話之後，羅倫斯擠出大大的賊笑。

這時兩人才終於明白他的意思。

「要假裝狼害嚴重嗎？」

回答之前，羅倫斯先看了眼赫蘿。赫蘿八成先前就料到他想說什麼，擺著一副鞋子進了小石子的表情。

「我們住的紐希拉深山裡，有好幾個厲害的獵人。他們帶的獵犬，在外地人眼裡就跟狼一樣。」

羅倫斯和赫蘿下山旅遊這段時間，自然是狼的化身瑟莉姆在打理旅館。她的兄長和夥伴也在稍遠的深山裡設立了修道院，若無其事地接待來作禮拜的溫泉客。只要赫蘿出個聲，他們應該都樂意幫忙。

然而，狼襲擊人的事在他們倆之間近乎是禁忌話題，師傅也因為有實際危險而殺過狼。如今還要煽動人與狼的對立，也難怪赫蘿拉長了臉。

不過羅倫斯是個商人。

在嚴冬的紐希拉，他都有賣出冰塊的自信。

「請各位想像看看。」

羅倫斯也往赫蘿瞥一眼後說：

「托尼堡森林的狼難纏又狡猾，和你們鬥了好多年。可是現在，這宿敵要幫你們教訓那些海上的傻蛋了。這一樣是件非常爽快的事吧？」

師傅讚嘆，邁亞頷首。

羅倫斯這是在重畫敵我的關係連線。

在森林裡與狼為敵的鍛造場師傅，在森林居民與海上居民的對立中，也會和同樣是森林居民的狼站在同一邊，對赫蘿應也是如此。

如此一來，狼便不單是人類的敵人。若是為了守護森林居民的榮耀，與依傍森林而生的人類並肩作戰，狀況就大不相同了。

且師傅隨後也果真這麼說：

「這或許真的是個好機會，讓海上那些人嚐嚐森林的可怕。要是把我們托尼堡森林的狼當作其他森林那種雜七雜八的狼那麼簡單，我可受不了。」

難纏的宿敵，反而會使對手產生敬意。

赫蘿見師傅這個樣子，露出難以自處的靦腆表情。

如果這些話是昨晚在床上說出來，會有什麼結果呢。

赫蘿恐怕會因為害怕與人類對立，一腳踢開羅倫斯的提議。

見過師傅的反應，應該能知道他並不是憎恨狼群。若狀況改變，多得是結盟的空間。

最後赫蘿也明白那其實對狼群也不壞，無力地嘆口氣。

「我是商人，很明白人討厭損失，喜歡得益。只要親眼見到森林裡有麻煩得嚇人的狼群，開路需要耗費無從估計的費用，不僅是卡蘭那些海上居民，就連領主都要改變主意。」

若要開路蓋新鍛造場，將有大量實地勘查要做。藉口未來森林會變得嘈雜，帶領主去打獵就行了。屆時讓他嚐嚐狼的威脅，就能切身體會到驅狼費用不會只有預估的那一點。

這就是昨晚羅倫斯玩弄著赫蘿尾巴想到的法子。

「聽起來怎麼樣？如果邁亞先生和師傅願意協助，我馬上就能聯絡到那些獵人朋友。」

邁亞和師傅互看一眼，視線不約而同轉向吊在牆上的狼皮。

對於天天進森林的人來說，再不情願也會知道狼的可怕。

「羅倫斯先生。」

邁亞走向羅倫斯，伸出右手。一握住，換師傅伸出熊一般的雙臂，同時擁抱他們二人。

在場只有赫蘿一個意興闌珊，只是能接受而已。

邁亞和師傅一起進了森林，要準備一頓特別豐盛的午餐預祝成功。羅倫斯留下來，用不打鐵的另一口爐起火。並為了防止爐火延燒到赫蘿身上，輕聲細語地說：

「瑟莉姆那邊我去拜託就好。」

就算瑟莉姆他們不會介意，要身為狼的赫蘿請求同胞扮演獵犬，仍是一件難以出口的事吧。

而且要做的還是嚇人，很難不教這頭心善的狼排斥。

「妳能請這座森林裡的狼配合一下，叫牠們不要真的傷人嗎？我保證有豐富的報酬。」

雖然赫蘿動不動就會露出狼牙，在會使人與狼對立的事情上，往往是柔弱得驚人。

常嫌羅倫斯心腸太軟的赫蘿，其實骨子裡比他更軟。

「……咱說不定是太久沒出門，興奮過了頭了。」

她蜷著背坐在木箱上，尾巴神經質地搖晃，像是在後悔太輕易答應提供協助。

「其實啊，不做到這種程度，根本就無法推翻領主的決定。」

羅倫斯一邊往爐裡添柴一邊說，可是那解不了赫蘿的悶氣。

「想不到，汝也會耍這麼淺白的手段。」

羅倫斯轉頭往背後幾步的赫蘿看，她像在責怪羅倫斯，眼睛瞇了一半。

勉為其難接受了還這樣，以為她大概是在氣又要用狼的力量時，赫蘿不滿地說：

「現在就知道用狼的力量，之前那麼多機會怎麼都不用？」

「咦？」

羅倫斯這反應使赫蘿把頭甩向一邊。

聽見薪柴爆裂聲，羅倫斯才回魂。

赫蘿不是在氣羅倫斯要利用赫蘿牠們狼的力量。

而是在怪他之前用得太少。

「蓋溫泉旅館的時候不就請妳幫忙了嗎。」

找到新泉脈之前，不許蓋新旅館。紐希拉定下了這樣的規矩，來控制溫泉旅館的數量，而好找的地方也的確都開發了。

可是靠赫蘿的鼻子和爪子，一轉眼就挖出了需要大量人力和幸運的泉脈。光這一件，羅倫斯就認為自己需要天天都在赫蘿枕邊擺顆蘋果來感謝她一輩子了。

「不止那樣……汝還拜託過我很多事。」

赫蘿想來想去，表情依然暗淡無光。

她用簡直和獨生女繆里一個樣的賭氣表情，如此說道：

「每次不都是拖到走投無路才來求咱的嗎？」

對羅倫斯來說，避免動用赫蘿的力量是種禮貌，但是在赫蘿眼裡，那或許只會讓她吃醋。常會顯得找不到辦法，一部分是因為想要帥給赫蘿看。但就算赫蘿了解這點，在羅倫斯開口拜託之前，她一樣會等得渾身難受，焦躁不安。

就是因為有過這種經驗，現在說得這麼簡單才讓她嘔氣。

羅倫斯用樹枝撥動爐裡的炭，說道：

「絕招是緊要關頭才能用，現在就是那種時候。妳想想——」

羅倫斯從爐火抬起頭來，環視周圍深邃的森林。

「我們站在是否失去這座森林的岔路上，而且這還關係到麥田的未來，是吧？」

赫蘿的耳朵能分辨人類的謊言，而這對耳朵，卻在判別羅倫斯是否說謊上有那麼些猶豫。大概是聽起來像在岔開話題，又頗為認真吧。

而無論是哪一個，都消不了赫蘿的氣。

「汝明明是頭羊，在這種時候倒是特別滑溜。」

聽赫蘿眼神陰沉地那麼說，羅倫斯只能這樣回答：

「要是我太好捉摸太無聊，妳早就膩得跑去啃別的骨頭了吧。」

赫蘿張大眼睛抿起嘴，隔了好一段時間才嘆氣。

這時，她終於露出平時那張笑看凡塵的賢狼臉孔。

「大笨驢。」

羅倫斯只得聳肩。赫蘿屁股離開木箱，坐到羅倫斯身邊。

似乎是表示她不氣了。

「不曉得待會兒吃什麼。」

「鹿肉吧？不過那種東西也不是進個森林就獵得到的。」

「以這裡來說，穴兔唄。有很多水的話，說不定還吃得到那種尾巴扁扁的大老鼠。」

「好懷念啊。好久沒吃那個了。」

赫蘿說的是棲息在水畔的大老鼠，習慣用牙齒啃斷樹木來築巢。這是一種很受歡迎的野味，還有聖職人員打著牠住在水裡，肉就跟魚差不多的歪理，吃得肆無忌憚。

「世上應該還有很多咱沒吃過的美味唄。」

「當然啊。只不過，我的錢包就很有限了。」

頭靠在羅倫斯肩上的赫蘿，擺出嫌惡表情退開。

「汝這大商人真小氣。」

「一路走來始終如一喔。」

羅倫斯對赫蘿笑，赫蘿也跟著苦笑，把頭靠回肩膀。

忽然間毛茸茸的尾巴蜷成一團，摟住羅倫斯般往後腰繞。

森林中的寧靜池畔，只有劈劈啪啪的柴火聲。

見到赫蘿滿意地閉上眼睛，羅倫斯偷偷鬆一口氣。

在薩羅尼亞過分努力導致托尼堡森林瀕臨危機的事，似乎收拾得了了。不只是赫蘿宿醉要自重，自己也該多多警惕。

這時赫蘿彷彿聽見了他的心聲，貼在背上的尾巴忽然離開，人也坐直起來。還來不及問，赫蘿已經戴回兜帽，將尾巴藏在大衣底下。

邁亞和師傅帶獵物回來了嗎。

羅倫斯張望四周，在通往村子的林道方向發現人影。

邁亞和師傅都在，可是表情鬱悶。不像獵人，更像是被逮的獵物，而事實上也的確如此。因為兩人背後，還有個騎在馬上，威風凜凜的人，顯然是領主的隊伍。

「你就是那個商人嗎？」

來自馬背上的視線與訊問，使羅倫斯不禁側眼尋找逃跑的路。

「聽說你對我領地的決定唱反調是吧？」

邁亞和師傅垂頭喪氣。領主坐騎的兩旁各有一個像是農兵的隨扈，穿著感覺不太習慣的皮甲，長槍也拿得不怎麼穩的樣子。

接下來是那位和藹老祭司，一臉憂心的表情。

是誰通報的，已經很明顯了，逃跑也不太實際。

於是羅倫斯站起來保護赫蘿，畢恭畢敬地低下頭。

「小人名叫克拉福．羅倫斯。」

花白顯眼的領主吹動大把八字鬍重嘆一聲，下了馬來。

領主臉上雖無笑容，卻仍報出了自己的全名。

「我就是馬洽斯．艾爾奇．托尼堡。」

在羅倫斯猶豫是否該下跪的短暫時間裡，領主馬洽斯抬抬下巴說：

「我有話跟你說。」

以面對企圖推翻領主決策的外地人來說，沒有立刻處決或綁起來，已經相當寬容了。

但羅倫斯很快就發覺，那或許不是出於寬容，比較接近領主已經心力交瘁，怒不起來了。

羅倫斯看了看邁亞他們，再看看一旁不習慣舉槍的士兵。

「就我們兩個。」

馬洽斯大概是以為羅倫斯在擔心被帶進林子裡處決，不過他擔心的其實是其他事。要是赫蘿因他們動粗而發火，把所有人都變成肥料餵森林就糟了。

「最近我聽說了不少你的傳聞，一直很想跟你聊聊。」

聽說的是他在薩羅尼亞解決木材商關稅問題的事吧。

羅倫斯點點頭，對赫蘿使眼色。赫蘿也不覺得氣氛有那麼緊繃，只是哼一聲而已。

為安全起見，羅倫斯看了一下腰間短劍的位置和扣具，跟在已經離開的領主兩步之後。路不是通往村子那一條，多半是師傅平日進森林幹活用的。面對顯貴，羅倫斯不能任意開口，兩人一路無話地走過林道。覺得枝葉縫隙間透來的光點點灑在領主的毛皮大衣上，看起來就像小鹿斑點時，馬洽斯總算開口了。

「你是凱爾貝的人嗎？」

這話算不上出乎意料。因為羅倫斯很快就明白了馬洽斯在擔心些什麼。

回想邁亞曾提到的凱爾貝與卡蘭的關係就行了。現在托尼堡和卡蘭是共商大計的夥伴。

但就算真的有個來自凱爾貝的密探要來破壞這場計畫，問對方是不是密探之前，有很多事需要考量才對。

馬洽斯不像是愚鈍之人，心中應該早有定見。

「凱爾貝我是去過。薩羅尼亞的事，我是受了當地主教的委託才接下那份工作的。」

「聽說他還拿領主權來誘惑你是吧。」

羅倫斯淺笑回答：
「請恕我僭越，或許當時，我是真的有機會和領主大人您並肩而行。」
馬洽斯回頭看看跟在兩步後的羅倫斯，疲憊的臉上浮出些許笑容，打手勢要他到身旁來。
「邁亞是用什麼說詞把你弄來的？他跟你承諾了怎樣的獎賞？」
如果馬洽斯是想表現在森林中人人平等，以換取羅倫斯說實話，那麼他實在是個親民的領主。
羅倫斯不覺得現在有什麼好討價還價，不多思索就回答了。
「他說我的所作所為將導致一座寶貴的森林變成荒土，要我用商人的力量，證明這場計畫要付出的代價其實遠高於估算。」
這全是實話，但馬洽斯仍露骨地用懷疑的眼神看著他，便繼續補充：
「獎賞方面，他答應提供蜂蜜和乾香菇等林產。還說那應該都是經營溫泉旅館會需要的東西。」
這下馬洽斯終於明白邁亞是怎麼揪住羅倫斯的尾巴，把他拖過來的。
「這樣啊。需要保護的事物，往往會成為一個人的弱點。」
領主捻捻他氣派的八字鬍，嘆口氣說：
「而我，就是算帳這部分了吧。」

馬洽斯大聲乾笑。

「大概是因為他常常看到我抱著腦袋喊沒錢的樣子。」

羅倫斯看著馬洽斯的側臉，而他也不介意地聳聳肩。

「我的祖父和父親，都為了保護這森林，在艱苦的時代奮戰了一輩子。不，應該說他們心裡就只有這件事。」

羅倫斯不應聲，靜待後續。

「只要賣點木材，開闢森林擴大麥田，就能填補資金的不足才對。可是他們不這麼做，寧願一再借錢。用懷柔手段賄賂一個敵人，再僱傭兵打另一個敵人，成功度過了亂世。」

馬洽斯挺起胸，吸一大口森林的清新空氣。

「但留下的就只有這座森林，還有一屁股債。」

世上沒有不勞而獲的事。

「如果只是債，慢慢還或許還償還得來。就算我兒子那代還不完，也會在孫子那代結束。」

借錢本來就不打算還的領主多得是，表示馬洽斯算是很有良心的領主了。

「可是我並不是那麼了解金錢的事，所以邁亞認為只要透過老練商人，就能輕易說服我了，沒錯吧？」

馬洽斯終於將視線轉向羅倫斯，羅倫斯連忙低頭閃躲。

「請大人恕罪。」

馬洽斯酸溜溜地笑了。

即使這個計畫要用不太和平的方式，向領主展現開墾森林將需要一筆很不實際的驅狼費，但應該能發揮極大的效果。如果領主仍一意孤行，則等於向所有人宣告他是個昏君。

「當然，無論你拿什麼出來說，我都要繼續推行這個計畫。可是不管怎麼看，我都會被所有人當成傻子，這我可受不了。你懂吧？」

馬洽斯似乎不想用武力掌控臣民，而是想當一個足以追隨的領主，希望臣民主動跟從。因此，羅倫斯的存在才使他格外憂慮，無論如何都要避免他提出合理的中止理由。

可是這麼一來，自然會導出一個結果。

「大人願意聽聽我的淺見嗎？」

羅倫斯的詢問惹來馬洽斯的苦笑。

「我都讓你和我並肩了，當然願意。」

「那就失禮了。先不論有怎樣的條件，大人現在是陷入了不得不答應卡蘭要求的狀況嗎？」

這樣的問題，相當於暗諷領主愚昧，才會讓左右自己領地命運的韁繩落到他人手中。可是馬洽斯沒有動怒，發出細長的嘆息。

「我的祖父和父親，也包括我自己在內，都過度保護這座森林了。」

馬洽斯遙望森林深處，轉向羅倫斯。

「教會已經懷疑我們是異端很多年了。」

「這……」

羅倫斯腦中開出新的水渠，霎時連接成另一幅畫。

「原來……如此。」

並環視赫蘿也不禁讚嘆的森林，擠出回答。

馬洽斯非做不可的，是開闢森林這個行為。

需要向世間宣示，他並不是像異教徒那樣崇拜森林，認為神聖不可侵犯。

馬洽斯的雙肩無力下垂。

「如今教會情勢大幅動盪。無論是守舊派，還是批判守舊派的黎明樞機派，都為了自身陣營卯足了全力。氣氛緊繃，非友即敵。你懂嗎？」

當然懂，因為這個黎明樞機和我情同父子。

羅倫斯瞬時想像自己說出這種話的後果，把話吞下去後回答：

「大人是說，無論想投靠哪個陣營，這座森林都會是問題嗎？」

「正是如此。要是不選邊站，兩邊都會當我是敵人。可是這座森林的異端氣息太濃，雙方都很難接受。這座森林實在太美好，太深濃了。」

在紐希拉，這樣的森林並不稀奇。再往北一點，真的有座彷彿從未有人踏入的森林，甚至能直接感受到赫蘿同類的呼吸。

可是這一帶早已落入人類掌控，一望無際的平原才是常態。深邃幽暗的森林，反而是特例。

「再加上我家帳簿負債累累，沒有選擇手段的餘地。」

羅倫斯點點頭，在心中整理狀況。

「所以開闢森林賣木材，不只是賺錢的手段，也是為了宣示自己不是會崇拜癩蝦蟆，向泉水獻祭的異教徒。」

典型的異教徒範例聽得馬洽斯咯咯笑。

「沒錯。對卡蘭來說，能橫過森林就能促進發展。如果我們想認識教會權貴，與遠方土地素有往來的卡蘭也能幫忙引薦。我們只要出售木材，發放通行證，就能一次解決多年來的異端嫌疑和負債問題。想到有機會在我這一代就清理乾淨，不必拖累子孫，我就覺得這完全是神賜給我的好機會啊。」

就是因為這個緣故，無論邁亞和村長再怎麼解釋森林將遭遇危機，馬洽斯都聽不進去。直到被逼急的邁亞帶了個商人過來，恐怕會找出令人無法反駁的對策，馬洽斯才選擇把話攤開來說。

想到這裡，羅倫斯急忙喊停。

馬洽斯應該不是那麼單純的領主。

「大人，您願意跟我說這些，背後一定有更特別的原因吧。」

這無異是對羅倫斯這樣來路不明的陌生人暴露家醜。

如此在森林中漫步，應已考慮過多種選擇的馬洽斯，緩緩轉向羅倫斯說：

「你在薩羅尼亞的事蹟，我是從卡蘭那聽說的。原本薩羅尼亞那邊有多少木材能分給卡蘭，我的森林就能少砍多少樹，實在教人扼腕啊。」

「……實在，非常抱歉。」

「哈哈。不過話說回來，聽說薩羅尼亞那件事的當時，我最關心的其實不是木材。」

「不是木材嗎？」

馬洽斯回答略顯猶疑的羅倫斯：

「我現在很懷疑，卡蘭那些人的手腕究竟能不能信。」

聽起來不太對勁，使羅倫斯啞然望向領主。

「壓低薩羅尼亞的木材關稅，是卡蘭那些人計畫的一部分。也就是說，我現在不得不重新評估他們的實力。畢竟一個路邊冒出來的旅行商人就能讓他們在這裡翻船，後續計畫恐怕只會走得更顛簸吧。」

理解其懸念的同時，羅倫斯也想到一件非問不可的事。打從邁亞找上門來，這件事就一直擱在他心裡。

「請問大人，卡蘭需要那麼多木材是要做什麼用？」

馬洽斯點點頭。

「跟我想表現自己並非異端差不多。卡蘭想用全世界都缺的木材，換取教會的恩寵。」

卡蘭和托尼堡不一樣，不像是有異端嫌疑的樣子，為何要如此大費周章——這問題，只有商人以外才會有吧。這世上，沒有比教會更大的買家了。

「我絕不是對這座森林沒有感情。托尼堡家都守護了這麼多代，況且邁亞或村長大概也跟你解釋過了，它支撐著週邊土地的麥田，我自認比誰都了解這座森林的寶貴。然而我們債台高築，又背負著異端之嫌，要是不處理掉，整個領地都保不住。」

馬洽斯是迫不得已，才冒險賭了一把。

但如今，他對對方首腦的能力產生了質疑。

這麼一來，馬洽斯對羅倫斯坦白了這麼多，不可能只是想吐吐苦水而已。

馬洽斯也像是在等待羅倫斯做出這樣的推論，忽然用領主的平板表情說：

「你願意協助我嗎？可以作我的代理人，重新評估卡蘭那邊的計畫嗎？看看他們是不是想簽訂不利於教會的契約，或者……」

即使森林裡沒有其他人，馬洽斯仍壓低了聲音。

「我也不想這麼想，但還是有受騙的可能。」

真正想拜託羅倫斯的，其實是這部分吧。

馬洽斯忽視邁亞等人的擔憂與諫言，執意推行卡蘭的計畫。即使他自己對此也有疑慮，找不到幫手也無可奈何。

要是拒絕了他的請託，恐怕會當場死在他腰間長劍下——羅倫斯甚至連這種危險都感覺不到，可以看出馬洽斯現在的無力感是多麼沉重。

馬洽斯是個好領主。

正因如此，才會覺得自己處處受縛。

至於邁亞所請託的保護森林這部分，已經是希望渺茫。不是因為邁亞被逮個正著，而是沒有選擇的餘地。

在馬洽斯的領地有異端嫌疑的情況下，若不趁早處置，恐怕就要落入分斷教會的裂隙裡，像麥穀一樣被輾得粉身碎骨。債主這麼多，領地勢必會被那些金錢的奴隸撕得七零八落。

「請容我確認一下。」

羅倫斯問道：

「債權是在卡蘭那邊嗎？」

如果是，馬洽斯的處境就很艱難了。事情會很有可能是卡蘭利用馬洽斯的弱點，謊編計畫誆騙他。

「不，都在凱爾貝的貪心商人手上。」

口氣這麼重，想必是他祖輩父輩都因為欠債的關係，被迫作了許多吃虧的交易。

看來馬洽斯和卡蘭合作，一部分是出於想幫助卡蘭對抗凱爾貝。

整個棋盤是愈來愈清楚。

若問羅倫斯還能為森林做什麼，那就是傾盡全力幫助馬洽斯吧。

「我也有一事想求大人成全。」

「……要錢嗎？」

面對馬洽斯失望的表情，羅倫斯不遜地聳了聳肩。

「拜託您保證不會追究邁亞先生的責任。若想讓森林永遠存續，他的力量是必不可少。」

馬洽斯愣了一下，尷尬笑道：

「追究他的責任？這種事我想都沒想過。」

並像是聽了天大的笑話，乾咳似的笑起來。

「邁亞比誰都更愛這座森林，我也比不上。他心裡真的只有森林而已。所以卡蘭的人來森林開路時，他絕對得在場監督。沒人知道海上那些人會幹出什麼樣的蠢事。」

說不定邁亞也是因為馬洽斯如此信任他，才會為托尼堡家代代守護的森林這樣奔波。

「我還要獎賞他把你帶來這裡呢。」

「……」

羅倫斯注視馬洽斯的側臉。

臉上是他身為領主的重重糾葛。

「那麼言歸正傳，剛才大人提到擔心上卡蘭的當，請問已經有任何徵兆了嗎？」

「……沒有。我疑心沒那麼重，也不想去懷疑。與其說他們想利用我的弱點趁虛而入，還比較可能會被教會趁機揩油呢。」

畢竟他們在薩羅尼亞的計畫，就這麼被區區一個旅行商人給推翻了。即使他們能成為托尼堡和教會之間的仲介，也很難期盼他們談出多好的結果。

「所以是擔心森林被人賤賣？」

馬洽斯不甘地點了頭。這明明是關乎領地未來的大事，卻只能交給他人判斷。從小動作就能明顯看出，他深陷在這樣的無力感之中。

羅倫斯在腦裡的帳簿寫下各種備忘，並發現有個必填欄位還是空白。

「最後一個問題。」

「何必。我都把領地的醜事全告訴你了，有什麼話就問吧。」

如果馬洽斯來泡溫泉，肯定會是個爽快的客人。

「大人您屬於教會的哪個陣營？」

這問題使馬洽斯不禁閉上雙眼。問出口以後，羅倫斯才想到這不是能隨便問的問題。假如馬洽斯贊同教會的守舊派，羅倫斯就等於是要幫助寇爾他們的敵人了。

相同道理，馬洽斯的命運也會隨羅倫斯的陣營而分歧。

不過馬洽斯並不是愚昧的領主，擁有足夠的勇氣。非前進不可時，哪怕前方只有黑暗也會毫不猶豫地前進到最後。

「我與黎明樞機頗有共鳴。」

原本直挺的背，缺乏自信地彎起來。

「雖不知你怎麼想——」

「不。」

羅倫斯露出的笑容，並不帶商人的虛情假意。

「我真的鬆了口氣。」

馬洽斯眨眨眼睛，笑了。說不定是以為見錢眼開的商人，肯定會跟凡事脫不了貪字的教會守舊派一夥。

「可是這樣一來，事情就有點怪了。」

「哪裡怪？」

「這樣就是黎明樞機陣營要求以木材為代價了。尤其大人您的問題，是急迫的信仰問題。」

寇爾絕不會做那種事，肯定是與他直接見面，確定足以信任後握個手就說定了。再說寇爾就是為了匡正教會濫用權威牟取暴利，才毅然離開紐希拉的。

難道會是卡蘭想利用托尼堡的弱點騙取木材大賺一筆？這樣的猜測瞬時在腦中萌芽。

但是，深明世間險惡的領主先說話了。

「他們的理想是很棒……可執行的畢竟是人啊。」

寇爾也無法監督每一件事，且可能只是碰巧接待卡蘭的人按舊例接受陳情。

「而且，我懷疑卡蘭被黎明樞機那邊的人揩油，並不是因為信不過他們的磋商能力。」

「……怎麼說？」

「事情發生在前不久。卡蘭就快和黎明樞機陣營談完，只等我決定了。於是我動身前往卡蘭，去看卡蘭的書記官用羊皮紙制訂的契約書草稿。在那時，我才第一次見到黎明樞機那邊的人。」

聽他的語氣，不像是見到了寇爾本人。知道不是寇爾跟他強討木材，讓羅倫斯鬆了口氣，同時又有種不好的預感。

卡蘭肯定是第一次仲介規模如此龐大的交易，有很多事還不熟悉，整個過程都在摸索如何應對。

在領主不安地看著這一切時，黎明樞機的人馬終於來到他面前。

結果對方不僅沒讓他安心，反而更使他不安，他會怎麼想是顯而易見。

「會是卡蘭的商人，被自稱代表黎明樞機的騙子給騙了嗎？」

「……」

馬洽斯沒有立刻回答。由這反應來看，是疑惑比否定還要強。

猜想他是不是覺得自己懷疑一度信任且合作的夥伴，有違騎士精神而慚愧時，馬洽斯整理著思緒說道：

「與卡蘭協商的人，看來的確是黎明樞機那邊的人沒錯。協商時，我的祭司也在場，說對方人馬裡有他熟識的聖職人員。」

所謂的祭司，就是先前隨馬洽斯而來，昨晚招待完羅倫斯他們就立刻跑去通報領主的那位吧。

「但是，我一到對方面前，簽約的手就不由得僵住了。或許是森林居民的直覺吧。只能要求帶回去和家臣們考慮最後一次，做出我小小的掙扎。可是到了這步田地，其實我們幾乎什麼也做不了。有好幾次都忍不住想，乾脆撕了算了。所以邁亞他到處尋找你這樣的幫手，就某方面來說，也是我部分心情的體現。」

馬洽斯的心勞令人心有戚戚。

「這時候，你出現了。」

在最後的最後，終於漂來了一根能抓的乾草。

可是聽到這裡，羅倫斯依然不懂馬洽斯為何如此懷疑黎明樞機方的代表。這個計畫關係到整個卡蘭的發展，背後關節應該都已打通。而且溫菲爾王國並非遠在天邊，只隔了條好像游都能游過去的海峽。祭司自己也確認裡面有熟人了，究竟是哪裡引起他的疑心呢？

就在這麼想之後，馬洽斯開口了。

「是狼。」

「咦？」

羅倫斯倉皇環顧森林，以為是赫蘿等得受不了了。

「根本是披著人皮的狼。」

馬洽斯的眼瞪得像作了惡夢一樣大。

「代表黎明樞機來協商的商人，是從溫菲爾王國過來的。那身金碧輝煌，誇耀財富的裝扮，簡直就像傳說中的南方奇鳥一樣豔麗。可是那位商人的本質，是狼。還是陰狠惡毒，片刻不得輕忽，潛伏在森林深處緊盯獵物——」

「大人，請您鎮定。」

羅倫斯的聲音使馬洽斯惶恐地往森林顧盼。

「當時有確定對方真的是黎明樞機的使者吧？叫什麼名字？」

既然是商人，藉羅倫斯的管道應該不難查出是何方神聖，直接寫信問寇爾也行。

「那頭狼，對……」

週邊颳起大風，羅倫斯彷彿聽見了四足野獸的腳步聲。

「她說她是伊弗．波倫。」

「……」

這位與幽深森林一同生活的領主，直覺果然靈敏。

羅倫斯都不知自己咬住的是臼齒還是苦笑了。

因為他當場就明白，起疑是理所當然。

第三幕

在邁亞帶路下返回赫蘿為宿醉所苦的旅舍後，兩人過一夜就順流而下。

河上依然積了一堆船。然而不少人懶得等降稅，只想趕快銷完貨到城裡悠哉，因此要找下行的船並不難。

租貨馬車給他們的商人也仍在旅舍，聽到羅倫斯想解約就立刻拉長了臉。但邁亞一抱出森林名產——整桶的蜂蜜，馬上就笑呵呵地接受了。

「羅倫斯先生。」

上船後，一路上沒說過幾句話的邁亞終於在出發之際對他開口。

「我實在不知道該說什麼才好……」

「請別介意。」

羅倫斯刻意堆起滿臉笑容。

「領主有答應給我報酬。」

當然，這報酬指的是饒恕邁亞。不知情的他聽了這話才總算振作一點。

「而且聽領主解釋過之後，我覺得我是真的有需要深入這件事。」

「這……真的嗎？」

羅倫斯聳肩回答。

「聽說，獵人一定會在森林裡遇到一兩隻讓他們特別注意的野獸。」

邁亞緩緩點頭，嘆了口氣。

「我們的森林，就拜託您了。」

羅倫斯抓起邁亞的手鄭重一握，在船夫的催趕下就座。

對話中始終沉默的赫蘿，不是坐在羅倫斯雙腿間之類，而是空了點距離，活像個碰巧同船的朝聖修女。聽說過馬洽斯在森林裡那番對話後，她都是這個樣子。

現在知道伊弗疑似利用寇爾之名賺取暴利，所以她理由很明顯。而且聽馬洽斯說，伊弗的裝扮豪奢得嚇人，還花大錢請來歌舞表演，誇示財富的手法看得他眼睛都花了。

伊弗在參加兩人婚禮時，當然也擺出了大商人的架勢，可是那算起來比較像是與赫蘿的純真較勁。骨子裡依然有冷峻孤狼的傲氣，對普世財富不屑一顧的感覺。

因此馬洽斯口中伊弗那紙醉金迷的樣子，使羅倫斯感到期許落空。

若只是這樣倒還好，真正加重他困惑的，是伊弗的立場。在混雜寇爾和繆里筆跡，赫蘿覺得充滿旅遊之趣的信上提到，伊弗與他們在某個事件中重逢，並成為有力的夥伴。

寇爾這人表裡如一，從小就受伊弗寵愛。繆里也用不同於賢狼的角度認為伊弗是個大意不得的人物，感覺很新鮮，字裡行間透露出她們的親暱。說不定那個伊弗會自恃與寇爾關係匪淺，到處收取介紹費，再把這筆錢拿來揮霍。

寇爾是相信正義自在人心而下山。而如今站在失去心愛森林邊緣的馬洽斯，顯然不是個壞領主。

照亮伊弗滿身珠寶的火光，是馬洽斯家代代苦守的森林燒出來的。

世上毫無道理的事遍地都是，或許沒有必要看得太重，而伊弗的墮落可能也是如此。

但至少現在的羅倫斯，很清楚自己應該幫誰。

「汝啊。」

船離開稅關過了很久，赫蘿叫了一次羅倫斯，但沒後續。她不打瞌睡也不找零嘴吃，只是遠眺著荒野的景象，說不定是不懂怎麼表達情緒。

羅倫斯點點頭安撫赫蘿，再添個微笑。

赫蘿放鬆了一下子，又旋即繃起了臉，視線投向遠方。

在婚禮上，羅倫斯曾瞥見伊弗跟赫蘿深談的畫面。

想到這件事，他牙齒咬得更緊了。

行走在商業的世界，羅倫斯已見慣人改變信念的事，但赫蘿就不同了。即使人心離背，赫蘿也依然信守古老的承諾，在帕斯羅村守護麥子成長。

雖然有很多事比不上赫蘿，人世的事則完全是他的領域。

羅倫斯反覆嚼思馬洽斯說的話，凝視位在河另一端的港都卡蘭。

到了日暮時分，船才穿過城牆，進入卡蘭的河港。海港可能是為了避開泥沙淤積，離城鎮有一小段距離，所以還有許多往來羅姆河的小型船隻拴在棧橋上。

在關稅有望調降的風聲傳開的影響下，士兵查稅的動作顯得很馬虎，城裡隱約瀰漫著一股蓄勢待發的氣氛。

儘管實在比不上巨大港都，面河的樓房也全是四樓高的氣派建築。河港往海的方向能看見教堂鐘樓，可能也兼作燈塔之用。

再過去是融入夜色的群青大海，海平線上仍有一抹淺霞。天上沒有一朵雲，到岸邊凝視，應能依稀看見對岸溫菲爾王國的街燈。

「到邁亞先生介紹的旅舍下榻以後，我們就趕快去找那間酒館吧。」

羅倫斯先上棧橋，伸手拉赫蘿上來。赫蘿像是身體被船搖習慣了，腳步有點踉蹌，只是嗯啊哼地含糊應聲。羅倫斯也不多說，按記下的路線前往旅舍。

該旅舍還有空房，不需要特別搬出邁亞的名字。平常在這季節，包含剛收成的小麥在內，有非常多貨物急需在冬天以前賣出，應該到處都是人擠人才對，可見關稅調降的消息的確帶來不少影響。旺季變淡季讓旅舍老闆愁眉苦臉，不曉得怎麼過冬了。

聽著老闆發牢騷說希望關稅的事趕快結束之餘，羅倫斯想起馬洽斯所說的種種。海外當然也有季節變換，黎明樞機那邊，也就是伊弗那邊，似乎想趕在冬天之前完成與卡蘭的交易。

一般而言，會覺得那是商業考量，但在羅倫斯眼裡，完全是要在詭計曝光之前趕快落幕。

伊弗本人特地來到卡蘭這不甚出名的港都，也使得她背著寇爾做壞事的嫌疑更加重大。

馬洽斯在對話時提到，伊弗在大陸這邊有些關於教會動亂的事要辦，但由於跟凱爾貝的人有私怨，所以留在海路便捷性幾乎相同的卡蘭。

羅倫斯當然了解那私怨指的是什麼。當時為了傳說中的海獸「一角鯨」，他們搞出了空前絕後的大風波。所以儘管不想完全否定她，伊弗終究是伊弗。

一旦敵對起來，能信的只有她對利益的執著。

「人啊，還真的是很容易變。」

走在夜幕漸降的卡蘭街道上，羅倫斯說道：

「感覺她每晚都會在酒館設大宴呢。」

赫蘿喝起酒來雖不落人後，可是伊弗包下店鋪狂歡的玩法也不遑多讓。據說全城的吟遊詩人和舞孃都擠到了那裡去，冷清酒館的廚子也都過去秀手藝了。

從前的伊弗像個刀子削成的冰柱，只跟著利益跑，確實是個壞胚子，不過那也是羅倫斯心目中的商人典範。

所以在他心中渦漩的情緒，或許可稱之為失望。

他們還曾經為了皮草分配和走私岩鹽的事，在雷諾斯一家當倉庫用的旅舍裡打了一架。

當時伊弗是怎麼說的呢？

羅倫斯問她，如此瘋狂追求金幣的熱情究竟是哪來的，而伊弗是怎麼回答的呢？

印象中，伊弗最後得到了非常可笑的結果。

「旅舍老闆說那間酒館應該就在這附近……」

羅倫斯來到鋪石大道的十字路口四處張望時，袖子被赫蘿扯了一下。

「那邊有樂器的聲音。」

路上赫蘿連一串烤肉都不討，兜帽蓋過眼睛，看不清表情。

羅倫斯想像赫蘿的心情，用力吞口氣後往赫蘿指的方向走。

很快就見到那客人都淹到路上來的吵鬧酒館，裡頭的確是有群眾打拍子和樂器的聲音。廚房刺眼的煙都傳到了兩人這裡來，可以清楚聞出肉與魚的油香，還有昂貴辛香料的味道。

近乎暴力的食物香氣使得胃不安分起來，羅倫斯往肚子鼓起力氣向前走。

避開在店外圍成圈跳舞的男子，穿過擋住店門的醉客，被厚厚一大圈人牆嚇了一跳。人牆另一邊即是酒館中央，有一群吟遊詩人和少女歌手奏樂高歌。然而整間店的視線，都不是指向他們。

疊在店中央的桌子上，有個紅衣姑娘在跳舞。舞姿威風凜凜，彷彿火焰纏繞全身。

女孩不止服裝華麗得聖職人員看了會昏倒，手上那把大紅傘更是吸睛。紅傘以金線為飾，多半是南方沙漠地區的特製品。相較於那奇異傘舞所濺射的熱情，少女表情悠然自得，跳得輕鬆愉快。紐希拉也常有舞孃隨酒起舞，可是這獨特的舞蹈與過去所見的任何一支舞都不一樣。

有這樣的美女跳如此優美的舞蹈助興，擠滿醉客的酒館豈有不歡騰的道理。每張桌上還有羅倫斯也沒見過的菜餚，但無論稀不稀奇，客人的酒都是照喝不誤吧。

大致看來，在裡頭玩樂的人大多穿著體面，還有像是商行帳房或衛兵長的人。可見口袋沒有一定深度，參加不了這場盛宴。

羅倫斯緊牽赫蘿，鑽過擁擠的人群，往深處前進。人牆後隱約可見的酒館一角，有塊氣氛異於周遭的地方。有眼神凌厲的護衛站在周圍，賓客裝扮也特別華貴。

若馬洽斯說得沒錯，那位拿紅傘跳舞，充滿異國風情的少女就是伊弗的同伴了。

羅倫斯不曉得伊弗現在有多少財富，握有何種身分。

所以他為該如何叫她逡巡了很久。

最後覺得見到了人，自然會曉得怎麼說。

因為咽喉裡已有滿滿的情緒在打轉。

馬洽斯與邁亞所深愛，恐怕現在就會消失的深邃森林，與這酒館截然是兩個世界。

這讓他有千言萬語想對坐在頭等席的大商人說。

「喂。」

護衛很優秀，看出羅倫斯的路線就立刻擋道。

「廁所在那邊。」

「我沒走錯。」

羅倫斯在護衛後頭看見了他要找的人。

她優雅地微笑，用似乎碰一下就會碎的豪奢精雕玻璃杯喝酒。

大概是廚師正在說明餐點，頭點得很感興趣的樣子，可是手卻動都不動那些菜，最後落落大方地把盤子送到坐她附近的商人樣肥胖男子面前。彷彿在執行支配者的義務，分配她的所有物。

可是那費用卻是要以砍伐托尼堡的巨木來抵。這場破壞，會讓多少在枝頭奔跑的松鼠、躲進樹洞的野鼠、掘地穴而居的穴兔無家可歸呢。藉森林養肥家畜，給田地施肥，每天工作到渾身沾滿泥土的人們，一輩子都不會到這種酒館裡來吧。

羅倫斯一時間實在難以相信，這令人暈眩的熱鬧喧囂，竟與托尼堡的深幽森林存在於同一個世界。

他手按胸膛推開護衛，不聽制止向前走。想甩開抓在肩上的手時，被另一個護衛制住了。

酒館吵到身邊人的聲音都聽不見，其他客人也都不看羅倫斯那邊，但聚在特別席位的人還是注意到不明人士闖入而愣在原處。其中一人，手拿精雕玻璃杯的酒館女王，以為眼花了似的不停眨眼睛。

最後她對遭到三人壓制，憑一口氣硬是不肯倒地的羅倫斯說道：

「是熟人。」

護衛們的疑惑也傳到了羅倫斯身上。一拍之後，他們都鬆了手。從那幹練的樣子來看，並不是在當地花錢顧來的流氓，而是服侍伊弗有一段時日了。

羅倫斯整理服裝，並查看赫蘿的安危。赫蘿在稍遠處靜靜待在大衣底下，像個跑錯地方的少女。接著羅倫斯無視其他傻眼看情況的政商要人，注視伊弗說：

「我有話跟妳說。」

賓客們的視線從羅倫斯轉往伊弗。

伊弗眉頭一皺，嘆著氣將酒杯輕放桌上。同時歌曲高聲大作，最後是一陣強烈的樂器撥彈，表演結束。

在刺耳的如雷掌聲中，身穿紅衣的少女舞孃優雅地向觀眾回禮。

伊弗往那瞥一眼，不耐地站起來。

「裡面會比較安靜吧。」

伊弗請其他客人繼續享受宴會，帶一個護衛離席。

羅倫斯跟了出去，赫蘿晚一步尾隨。

酒館裡的掌聲仍在持續，但新曲已經奏起，再次加劇喧囂。

一隻野狗惶恐地逃離後門。

這裡像是周圍建築的公共後院，擺了幾口喝乾的大酒桶，兩旁商行也在這堆放各式貨物，可是沒有半個人影。

「你紐希拉的溫泉旅館怎麼啦？再過一陣子就是旺季了吧。」

伊弗的服裝沒舞孃那麼豔麗，卻也是長裙飄逸的沙漠民族服飾。材質是絲絹或呢絨，總之是羅倫斯無緣的高級品。一準備往酒桶坐，護衛就立刻替她鋪墊子。

「我在森林深處聽說有狼跑來這裡。」

坐在酒桶上的伊弗帶著淺淺的笑移開視線，尋思片刻後乾笑嘆息。

「托尼堡領主請你來的啊？為了守住森林？」

伊弗往羅倫斯背後的赫蘿一瞥。伊弗當然知道赫蘿的真面目，知道他有足夠的動機。

「嗯？先等等。」

伊弗接著忽然蜷起背，捂嘴思索，側眼往羅倫斯看。

「該不會在薩羅尼亞搗亂的商人就是你們吧？」

既然薩羅尼亞那些木材商的事是卡蘭計畫的一部分，伊弗當然也會聽說。

「那是妳遠大計畫的一環嗎？」

在旅行商人時期初遇伊弗時，她在雷諾斯和凱爾貝都畫下了壯闊的設計圖，不惜冒生命危險也要追求金幣。

馬洽斯怎麼也信任不了卡蘭方的協商代表，懷疑他們被騙進伊弗的計畫中，也是其來有自。

而且從剛才酒館的喧鬧程度來看，這樣想似乎並沒有錯。

「都寫在臉上了呢。」

伊弗露出個人風格十足的表情，笑了。

「我愈看愈清楚了……」

在這缺乏照明，只有一彎弧月的夜裡，在陰影裡訕笑的伊弗立刻將羅倫斯的回憶帶回往昔。

可是羅倫斯也隨著時間著實成長，已經和當時不同了。

想表現出這一點時，伊弗頭痛的口吻打斷了他。

「那位小姐，妳怎麼都不說話？」

「這跟赫蘿——」

無關。

才想這麼說，赫蘿先開口了。

「這頭大笨驢變成這樣的時候，連咱的話都聽不進去吶。」

「——嗯？咦？」

羅倫斯錯愕回頭，見到嬌小的赫蘿平靜地佇立在那裡。

不生氣，不傷悲，更沒有苦惱或失望，只是極其無奈地聳肩。

「他好像把汝當成利用寇爾小鬼他們的名聲斂財，放蕩揮霍的大壞蛋了。」

「嗯、呵！」

伊弗握拳按在嘴上，但還是忍不住笑了出來。

狀況外的羅倫斯整個人都傻了，赫蘿走上來用力拍在他腰上。

「汝太先入為主啦。只有在目標正確的時候，汝這一點才會是可靠的優點。」

這句話使得在托尼堡森林中與馬洽斯對話後的事，如山洪般沖過羅倫斯的腦袋。

赫蘿不說話，並不是因為伊弗背叛寇爾斂財而傷心。至少羅倫斯的眼，見到的是這樣的世界。

「再說，她這樣子揮霍——」

赫蘿用下巴往伊弗粗略一比。

「是咱們之間的小祕密，也怪不得汝會誤會。」
伊弗聳個肩說：
「可以麻煩妳把繩子牽好嗎？我可不想這把年紀還跟人打架。」
羅倫斯看看似乎在同一條陣線上的赫蘿和伊弗，哀怨地說：
「那時候明明都是妳在打我……」
而且後來連赫蘿都跳下來一起打。
羅倫斯搞不定的兩名女性——不，兩匹狼，一起把他壓著打。
「看你這麼生氣，八成是請你做事的那個古板領主把我說得不太好聽吧……？我可是費了很多心思在招待他呢。」
接著伊弗喃喃地說：「說我斂財啊……」又笑了起來。
「剛那是汝的工作唄？面前都是那麼棒的菜，卻一點也沒有餓肚子的樣子。」
赫蘿下巴往酒館稍微一比。
「就是那樣。每晚都是那些，我哪吃得下。那是城裡人想學南方的流行菜，做好了請我試吃而已。」
赫蘿的狼尾在大衣底下啪啪甩動，簡直像隻等著分食的狗。被兩個女人丟著聊的羅倫斯，遷怒似的暗嘆她身為狼的自尊跑哪裡去了。

「歌舞的部分，都是人家想跟我們家舞孃學點南方的流行，把附近樂團都叫過去了，所以每天都搞成那樣。」

在羅倫斯眼裡，那怎麼看都是伊弗主持了酒館盛宴，請人吃山珍海味擺闊。這麼說來，伊弗只喝一點小酒，還跟廚師說那麼久的話，的確有點怪。大批吟遊詩人都聚在一間酒館，也肯定會惹來其他店家抗議，各公會不會不說話。

馬洽斯說她誇耀財富，伊弗說自己是費心接待。既然意氣不相投，被馬洽斯看作蛇蠍也不奇怪。就跟感嘆伊弗墮落成低俗暴發戶的羅倫斯一樣。

然而，如果這全部都是羅倫斯自己誤會，那有件事他就不懂了。

「所以妳到底是來這裡做什麼的？」

對此，伊弗的回答是：「我才想問你呢。」

無論再怎麼擁擠的店鋪，只要有一定身分的人物出來吆喝一聲，就能像施了魔法一樣空出個位置來。伊弗說她來的理由很複雜，等散會以後再說，赫蘿不等羅倫斯開口就答應了。

隨後赫蘿一改前態，拿出準備享樂的架勢，輕巧地往椅子上一坐，對恭恭敬敬準備點菜的老闆大喊：「拿上好的酒肉來！」

這一定是算在伊弗的帳上，因此羅倫斯表情鬱悶的原因並不在此。

他看了看赫蘿暢飲晶瑩剔透的高級葡萄酒，再看看自己倒映在葡萄酒裡的疲憊臉龐。

「這到底是怎麼回事啊？」

不滿赫蘿既然早就知道是誤會一場，怎麼不早點說，使得語氣有點埋怨。

「咕嚕……咕嚕……噗哈！雖然香甜的蜂蜜酒和飽足感十足的濃啤酒都很棒，但還是比不過葡萄酒啊！」

大概是廚房裡總有條烤全豬在架上轉，很快就有一大盤肉汁四溢，熱騰騰的現切烤豬送上來。不一樣的是它附上了芥末等各種辛香料，可以憑喜好選用。

羅倫斯不禁盯著辛香料看，覺得帶回去賣給藥材行能賺上一筆。

「這吃法跟抹滿大蒜不一樣，很獨特吶。而且這個……嗯嗯，在這種時候真是方便。」

赫蘿手拿了根前端分成三岔的鐵匙。廚房也有相同形狀的工具，只是大得像槍一樣，可以把整隻烤豬或大塊牛肉送進鍋裡或拿出來。大概是有哪個聰明人，想到把它縮到可以擺在桌上的尺寸，就是個很方便的餐具。

這工具也真的讓赫蘿可以乾淨地刺起一片豬肉，蘸點辛香料送進嘴裡。會想到這種事的大多是南方的老饕，所以多半是伊弗的主意。

羅倫斯也考慮將這吃法引進自家的溫泉旅館，把大致情況記在腦中。

「說嘛？」

聽羅倫斯追問，大餐當前而眼睛發亮的赫蘿不耐地聳起肩。

「也沒有怎麼回事啦。咱很早以前就知道她想擺脫一些矜持了。咱被汝拐上山那時，不是也把他們叫來紐希拉了嗎？咱跟那頭大笨驢就是在那時候談的。」

婚禮後持續了幾天的宴會中，羅倫斯的確見過赫蘿和伊弗親暱對話的樣子。

只是內容他當然不知道，又不該刻意去打聽，從沒問過。

羅倫斯繼續等赫蘿解釋，赫蘿卻捧著葡萄酒停住動作。

「怎麼啦？」

赫蘿赫然回神，打直背桿，兜帽下的狼耳高高豎起。

「……沒什麼。只是回想起來，突然很懷念而已。」

接著喝一口葡萄酒，看開了什麼似的說：

「那時候，她問咱製造弱點是什麼滋味。」

這次換羅倫斯定住了。

「……弱點？」

赫蘿又聳個肩，喝酒吃肉，再送一大口滿是醬料，剛上桌的白肉魚進嘴裡，回答：

「那頭大笨驢比咱還沒膽。不管是賺錢堆金幣，還是單獨旅行都覺得很膩了，卻沒有踏出下一步的勇氣。」

羅倫斯聽了很錯愕，赫蘿則是用帶點驕傲的表情乾笑。

「咱身邊有汝在，她身邊沒別人。這樣就差很多了。」

「……」

赫蘿和伊弗的確是看起來個性截然不同，卻又有相似之處。

大概是對未來缺乏信心的厭世氣息吧。

「咱啊，選擇相信汝這大笨驢提出來的笨承諾。就是那些會讓咱過笑聲不斷的生活，杯子空了就替咱倒新酒的那些笨承諾。」

說到這裡，赫蘿第一杯也喝光了，羅倫斯便男傭似的請人上新酒。

「然後呢？」

「就這樣。她看到咱們和那個溫泉旅館，才終於覺得繼續當個受傷的狼是一件很傻的事。受了那種傷，躲在樹幹後頭對敵人吼再久都不會痊癒。本來就不是那樣的傷。不過，一直躲在農村麥田裡的咱也沒什麼資格講她就是了……」

伊弗曾說她原本是溫菲爾王國的貴族千金，家道中落後走上了註定的命運。有個富商為了家名而買下了她全家，成了她的丈夫。結果後來丈夫也破產，生活頓失依靠，商人伊弗的故事便從此開始。

在雷諾斯揭發伊弗的詭計，為爭奪利益甚至鬥毆到拔刀相向時，羅倫斯問了她一個問題——為何要不停冒險到這種地步？每天都拚命賺那麼多錢，到底是為了什麼？

在那個伊弗用盡全身力氣要用小刀刺羅倫斯的狀況下，她仍有點難為情地回答了。

「她說她在期待嘛。」

期待會有某個東西，可以讓她在近乎盲目的堆積金幣到最後，回顧所有在這殘忍的世界崛起又消滅的人，嘲笑他們的可悲。

羅倫斯注意到赫蘿的微笑。

「她真的實現了宣言，到世界各地玩樂，還找到了可以信賴的同伴組織她的群吶。」

視線是對著伊弗他們的桌位。保鏢的穿著和伊弗風格相近，像是來自沙漠地區。依然在酒館中央歡快跳舞的紅傘少女，也是相同服飾。

「哼哼，都踏出去了還想要先進幫忙推一把，她也有可愛的地方嘛。」

即使活了幾百年，甚至有過受人崇為神祇的時代，赫蘿仍保有許多童真。不，所謂人愈老愈像小孩，這樣或許是正常現象。總之伊弗來找赫蘿求助，讓她十分高興。

見到這樣的赫蘿，羅倫斯也終於明白為何從馬洽斯口中聽到同樣的話，自己和赫蘿的反應會差那麼多。

「既然這樣，妳怎麼不早點告訴我呢？」

羅倫斯又發起牢騷，惹來赫蘿看傻羊的目光。

「大笨驢，祕密怎麼可以隨便說出去。再說不管咱說什麼，汝在親眼看到之前都不會信唄。」

「我哪有——」

說到一半，羅倫斯也覺得有這可能。說不定真的會認為那只是赫蘿好心，不願把特地來參加她婚禮的伊弗往壞的方面想。

「再說，咱也不敢斷定她真的沒耍詐。但現在看來，她肯定沒有了。」

赫蘿邊說邊忍不住地笑。

「這樣啊？」

赫蘿對羅倫斯聳聳她的細肩。

「她發現我的時候，表情可高興得很喔。」

在羅倫斯看來，那完全是驚訝的表情。而且酒館夜裡並不明亮，赫蘿視力又不怎麼好，不太像是比羅倫斯更仔細察覺伊弗的細微表情變化。

大概是有那樣的氣味吧。就像寇爾和繆里捎信回紐希拉的旅館時，她總是能聞到信上有愉快的氣味。

不過聽赫蘿那麼說之後，羅倫斯不禁想像伊弗心花怒放的樣子，感覺實在很好笑。

「真是的……那這邊我懂了，可是這一連串的問題又是怎麼樣？」

托尼堡森林是真的面臨危機。

而且那寶貴的森林，是尚未洗清異端嫌疑的托尼堡，為了活過這場教會的動盪而向寇爾他們求助時所提出的代價，於是港都卡蘭打算趁機順砍樹之便開一條路。

而木材看似全都會流到伊弗手上，再加上酒館鬧成這樣，想像伊弗已經畫好整個設計圖，準備大撈一筆，絕對算不上錯誤。

馬洽斯感覺上是個剛健質樸的人，對鋪張浪費不屑一顧，對伊弗沒好感當然是可以理解。見到這場面而懷疑卡蘭的商人是否都被伊弗收買，也是十分合理。

「馬洽斯的目的和卡蘭的計畫，全都會歸結到伊弗那去。而且照剛才那樣聽來，她要在這個不算大的城鎮裡待上一陣子。她買賣做那麼大，應該每天都有很多事要處理，所以這裡有值得她留下來的利益才對吧？」

不管怎麼想，都覺得她在策劃某種巨大的陰謀。可是當初的想像已經像砂糖塔一樣崩得一乾二淨，赫蘿還舔得津津有味。

現在能確定的是，這裡目前沒有壞蛋。然而世態炎涼，這並不表示悲慘的事不會發生。

因為托尼堡森林面臨危機是不爭的事實。

「至少最後的問題，就讓她自己來回答唄。」

一陣特別響亮的掌聲響起，少女舞孃回到伊弗身邊，接受慰勞與來自周圍的誇讚。酒客仍意猶未盡，可是伊弗和周圍顯貴已經開始互相握手，看來要散會了。

見狀，赫蘿要把剛才說話的份補回來似的，趕緊往嘴裡塞肉。

「請人打包就行了吧。」

羅倫斯不敢恭維地說。臉頰鼓得跟松鼠一樣的赫蘿急忙大口吞下去，並說：

「可以這樣的話，汝快去問問唄？」

面對嘴邊掛了條肉汁，面露純真笑容的赫蘿，羅倫斯嘆出今天最深的氣。

兩人乘坐伊弗安排的馬車，噠噠地穿過夜晚的港都卡蘭。

這城不大，搭馬車感覺有點誇張，但原來伊弗的據點不在城中心，而是海港那邊。

「為什麼選這裡？」

不僅不方便，且整天都是船隻裝卸的嘈雜。要是天氣不好，還會被狂暴的海風正面撲打。

而且港邊只有商行的倉庫一類，與有錢商人能優雅度日的宅邸相差甚遠。

伊弗的部下已經打開門等著她回來了。一樓的門是巨大的單扇門，顯然是裝貨場，二、三樓的木窗外都加裝了鐵框以抵擋風雨。

牆上甚至還有用來驅逐不肖賊人，加上裝飾的金屬防鼠板，一眼便知裡頭不會舒適到哪裡去。

「這是我個人的習慣。到陌生城鎮過夜，一定會挑以前戰亂時期的防禦性建築來住。」

伊弗這句話說得像是她仍在做冒險的生意，使羅倫斯笑容一僵。

選在海邊也八成有她的理由，可能是出事了可以快速逃到海上。

「話說照這樣看來，還需要一點酒吧。」

伊弗往羅倫斯背後的赫蘿看，不禁苦笑。她雙手抱著的大袋子裝滿好菜，頂在頭上的袋子也全是現烤麵包。

「宴會就是要有酒有菜嘛。」

那大概是不會自己吃光的意思。羅倫斯在酒館也都在聽她們對話，幾乎沒吃，所以是替他留的吧。

「今天沒月亮，可是沒有雲，就到中庭吃吧。」

伊弗指示部下布置，帶兩人進去。

裡頭似乎還是作倉庫用，堆滿了貨物。

說不定伊弗自己也有順此行之便做點生意，這也讓羅倫斯想起曾有個熟識的傭兵跟他說，把通道堆得很狹窄是防止壞蛋長驅直入的小技巧。

從前的建築物常設立中庭，將可以長期保存的食物埋於地下，甚至還會種點蔬果，以備籠城戰之需。

但那種時代早就過去了。

現在完全是只留幾棵果樹的景觀中庭。

部下們迅速搬來桌椅，在各處點起燭光。

「喔喔，咱們溫泉旅館也該辦點這樣的節目才對。」

話雖如此，溫泉旅館在夜裡全是爛醉的客人，事情不太可能這麼高雅。

「敬再會。」

伊弗帶頭舉杯，為重逢進酒。

「話說回來，你也真是的。」

還以為那指的是張大嘴巴啃肉的赫蘿，伊弗看的卻是羅倫斯。

「在祕境紐希拉開溫泉旅館那種童話一般的事，都被你們實現了，結果還嫌不夠，現在還跑到凡間來到處賺錢啊？」

「我們離開溫泉旅館，是因為……很多原因。」

羅倫斯被伊弗這樣一問，原本信誓旦旦要伊弗講明白的氣焰全熄了，答得支支吾吾，喝酒掩飾。葡萄酒非常高級，嚇得他差點嗆到。

「還不都因為這大笨驢太擔心女兒了。」

赫蘿插嘴回答，伊弗抬頭表示理解。

「寇爾好歹也是男人嘛。」

並立刻察覺他在擔心什麼般竊笑。

「讓我想起老管家還在的時候。」

都差點忘了伊弗是貴族家的大小姐。

「他們最近都沒寄信回來，而且——」

羅倫斯往赫蘿看。

「吵鬧的女兒和赫蘿很疼的寇爾一下子都不在了，溫泉旅館變得很靜，害她很無聊的樣子。」

雖然日子過得很幸福，可是赫蘿曾說她害怕自己總有一天會像沙流出指縫間一樣全都遺忘。最近大概是旅途都很快活，埋頭寫日記的頻率稍微少了點。被他這麼一說，赫蘿露牙抗議。

「你們感情真好。」

伊弗愉快地笑了笑，視線忽而指向門口。

先前的少女舞孃正往這走來。大概是洗過澡了，她滿面清爽，還換了套衣服。接連對伊弗和羅倫斯投出端莊的微笑。

伊弗用異國語言對少女說了些話，為她倒酒。

「只要帶著她，不管談什麼都能談得很順利。」

即使覺得這話像是故意找藉口，羅倫斯仍點頭附和。

「那麼，嫂夫人不是說過，我並不是來這裡賺黑心錢的嗎。」

羅倫斯喝口葡萄酒，將心思放回正事上。

「托尼堡領主跟我說了他的苦衷。所以想以木材為代價，換取黎明樞機的庇蔭。」

做任何要求都需要代價。寇爾就是看不慣教會的貪婪，憤而離開溫泉旅館。

這一連串問題的關係圖，依然像是踐踏著他的初衷。

「先把問題分開來說吧。」

伊弗放下酒器。

「卡蘭和托尼堡想站在黎明樞機這邊，而我們也接受了。這是事實沒錯，但木材並不是這件事的代價。」

「不然是什麼的代價？」

「羊毛。」

想不到的答覆使羅倫斯不禁往赫蘿看。赫蘿也愣得忘了嚼嘴裡長時間燉煮的牛腿還哪個部位的肉，應該是沒有說謊。

「我啊，如果可以狠賺一筆，我當然也想賺，可是我已經決定照寇爾小鬼的意思去做了。」

面對羅倫斯皺眉的懷疑目光，伊弗聳個肩又說：

「我之前也在溫菲爾王國的港都被他們擺了一道。他們跟你以前一樣執著，把藏了兩三層的陰謀都咬出來了。連我都只能夾著尾巴唉唉叫，真的是有夠慘。」

赫蘿笑得很高興，不過羅倫斯不記得在信上看過這件事。

大概是寇爾不希望他們擔心，把事情「概括」簡述過了吧。

「而且在他快要跪下去的時候，總會有隻銀狼陪在身邊。若只論活力，那邊那隻還比不上呢。所以跟他們作對，是一件非常傻的事，而我可不是傻子。」

伊弗並不是單憑喜好而選擇幫助寇爾的三流商人。

不知她說的是什麼陰謀，八成是要趁全世界因教會問題而動盪之時，埋下賺大錢的種子。

「這樣得失都很明顯，我也比較放心一點。」

伊弗略顯嘔氣地稍抬下巴。

「而且啊，他們倆感情好得跟你們有得比。所以我就決定在特等席看了。」

伊弗還故意這樣說，激得羅倫斯真的嗆到，赫蘿則在一旁嗤嗤笑。

「然後呢，現在木材全世界都缺，量大到一個程度就很難弄到。尤其溫菲爾王國是綿羊之國，森林這東西很早以前就砍光光了，無論怎麼樣都只能依靠大陸這邊。」

羅倫斯曾與赫蘿去過一次溫菲爾王國。在羊的化身與同伴所隱居的修道院周圍，的確全都是一望無際的大草原。

「所以為了確實得到這批木材，我才親自來到這裡。當然，就算再怎麼有需要，我也自認為沒有做出拿黎明樞機威信的庇蔭交換利益的事。做那種事，就連平常那麼可愛的寇爾小鬼，也會氣得跟異端審訊官一樣。」

「……」

羅倫斯不覺得有那麼誇張而乾笑，但伊弗一點笑容也沒有。

「除此之外，要是稍微傷了他的心，馬上就會有講不聽的狼齜牙咧嘴撲過來。搞得我都好像要變成善心商人了。」

放繆里陪寇爾下山遊歷，是赫蘿的意思。或許這就是賢狼的先見之明。

寇爾充滿正義感又老實到令人捏把冷汗，在身邊擺一個能不顧一切站在他這邊，可用獠牙利爪等純粹力量辦事的繆里，是必要措施。

即使那不顧一切的理由，會讓父親羅倫斯心裡忐忑不安也一樣。

「木材和羊毛，會用公道的市場價格來換算。不過我們下的訂單，可以說是有多少木材就收多少。所以托尼堡領主覺得森林有危險……應該是卡蘭那邊的關係。」

要斷定伊弗在推卸責任還嫌太早。馬洽斯自己也不太相信卡蘭的商人。

「不是因為擔心不給木材，就得不到黎明樞機陣營的庇蔭嗎？」

對這帶刺的問題，伊弗只是輕輕搖頭。

「他們怎麼想是他們的問題，我們是沒有這種打算。況且我自己也有需要和這座城作生意。」

羅倫斯姑且先點頭，是真是假以後再調查。

「那麼，卡蘭的商人收集那麼多木材，是為了把生意作大，賺更多仲介費嗎？」

「是有這種可能。」

伊弗想了想，又說：

「有聽說這座城要降關稅嗎？」

在意想不到之處，蹦出了最令人不解的事。

「有聽說。到現在我還是想不通為什麼。」

話雖如此，現在羅倫斯覺得說不定是伊弗獻策，要他們盡可能用便宜價格吸收木材。

「這座港都發展得比較晚，受過數不完的打壓。城裡人是充滿了只要能促進城市發展，什麼都肯做的氣概，我也很喜歡這種氣氛。現在做的，就是計畫的一部分吧。」

在托尼堡的村莊，羅倫斯對著地圖做了各種推論。卡蘭周圍全是敵人，內銷的唯一突破口，就是準備在托尼堡開闢的道路。

「卡蘭降關稅，是為了擴建城市。」

伊弗這句話也同樣意外，溜過了羅倫斯的耳朵。

「……咦？」

「咦什麼咦，你以前不是旅行商人嗎？都不會在路上找個城鎮看他們的關稅清單，推測他們有什麼計畫嗎？」

羅倫斯眨眨眼睛，急忙往腦子裡狂撥。

人們常認為，收稅是權勢為了中飽私囊。當然這種事不能說沒有，可是大部分還是得用在人民上。

其中關稅這一類更為特殊，目的不太一樣。就某方面而言，有城牆的功用。

關稅能調節貨物的出入難度。例如某城皮草工匠雲集，就該提高其他城鎮皮草製品的關稅，以保護自己的工匠；糧食生產不足以自給的城鎮，可以幾乎不設糧食的入口關稅，並對糧食出口下重稅，使糧食有效集中。

那麼，若有多項商品要調降入口關稅的消息傳出來，背後會是什麼狀況？而且該城鎮還計畫擴建。

「是為了大量吸收建材？」

伊弗點了頭。

「開闢托尼堡森林鋪路，不僅是這些人的悲願，而且光靠城裡這一點人手，根本就忙不過來。再說托尼堡領主並不傻，可是心腸很好。據說他答應開路計畫的條件，是別讓他拿鞭子去抽人民的背。」

在大型工程中，經常能見到領主把人民當奴隸般對待。

馬洽斯不是那種領主，讓羅倫斯覺得理解又慶幸，可是這解決不了需要大量人手開闢森林的問題。而且人手不是召集過來就算了，要給他們地方生活，也必須確保足夠的飲水和糧食。羅倫斯他們在往年的旅途中，也遇過因維修水車而造成的爭執，並在工匠都吃不飽飯的混亂中，藉由送麵包和烤肉大賺了一筆。

若要為開路召集所需人手，並讓他們住下來，的確會有不惜撤除關稅也要收購大量資材的必要。

「這個城鎮，是在觀察過世局情勢和自身周圍的狀況後擬定了計畫。可是算不上完美無缺，還在薩羅尼亞被來路不名的商人兩三下就破壞了。他們就是像這樣，靜不下心深加思考。所以托尼堡領主那樣的人懷疑他們究竟可不可靠，也是無可厚非。更別說他們還有我這種輕薄的金主了。不過——」

伊弗淡淡微笑並注視手邊的酒，閉上眼說：

「那種積極的貪念，我可是喜歡得不得了喔。」

羅倫斯無法想像，那闔上的眼簾彼端究竟有多少買賣的記憶流過。

對她而言，在雷諾斯與羅倫斯互鬥，在凱爾貝差一點就要丟掉小命，說不定都已經是快樂的回憶。

而那平靜的笑臉，也給了羅倫斯另一種想法。

或許現在的伊弗，心裡已經沒有任何怨恨。

就只是盡情從事她熱愛的貿易而已。

「剛才在酒館也一樣。那些人如此熱心學習南方菜色和舞蹈，也是他們遠大計畫的一部分。因為他們也想跟來自南方的商船作生意。」

赫蘿從酒館帶回來的菜，每樣都散發著濃濃的香料味。

那些磨成粗顆粒的香料，瀰漫著滿滿的異國情調。

「這類船不都是要去凱爾貝嗎？」

「那些水手都是千里迢迢來到北方，卻老是吃當地不認識的菜色。如果今天你是他們，聽說有城鎮可以吃到故鄉的味道，你會怎麼想?就算要多跑一程，也會全擠過去吧。」

其實，從小就過得像浮萍的羅倫斯不太了解家鄉菜對人的意義。

可是羅倫斯剛開始和赫蘿旅行那陣子，赫蘿因走訪的城鎮全變了樣而惶恐不安時，就因為見到曾經吃過的菜而忍不住流下淚來。

「而且現在因為寇爾他們，專門買賣奢侈品的南方大商行都在叫苦了。教會是他們最大的客戶，現在都不買，於是他們只能一把鼻涕一把眼淚把來自沙漠地區的高級品拖到這麼北的地方來賣。以前他們跩得跟什麼一樣，不管怎麼求都不賣呢。」

只有這一句話，伊弗露出了賊笑。

大概連伊弗都很難跟他們作生意吧。

羅倫斯彷彿窺見德堡商行每年從不間斷地給他們送那類商品，背後有多大的辛苦，對自己之前想從卡蘭便宜進貨的膚淺歪腦筋，覺得有些愧疚。

「主要的大港都，早就受了南方那些傲慢鬼一肚子鳥氣，當報仇一樣瘋狂壓價收購。所以卡蘭在這時候跟南方人賣人情，保住通路，對未來作一個巨大的投資。」

羅倫斯並不會說在紐希拉經營溫泉旅館，是愉快但無趣的事。

可是他仍能從伊弗的話裡，強烈嗅到經營旅館小進小出所沒有的，宏大商業布局的味道。

凡是曾用自己的雙腿立足，為利益踏實前進，終於站上山崗頂端的人，任誰都會看見那眼下的璀璨未來。

羅倫斯想起鼻腔深處，當年那大地塵土飛揚的味道時，捱了一記桌下腳，嚇得他轉過頭去。

只見赫蘿看著另一邊，不高興地啃著肉。

赫蘿也在羅倫斯身上，察覺了他在托尼堡森林裡的鍛造場邊，從赫蘿身上見到的那種感覺吧。羅倫斯想摸摸赫蘿的頭，告訴她自己哪裡也不會去，卻被她不耐撥開。

對冷淡的少女自嘲一笑後，羅倫斯轉向伊弗。

「我對於妳為什麼揮霍玩樂、酒館的那些盛況，以及托尼堡領主所擔心的卡蘭那種人人都蓄勢待發的原由都已經了解了，還有妳並沒有踐踏寇爾對妳的信任。」

伊弗只是閉上眼，無奈聳肩。

「我最後想問的是，你們要的木材是不是多到會讓森林枯竭。」

赫蘿也用紅眼睛看著依然閉眼的伊弗。

「還有，用那麼多究竟想做什麼。」

羅倫斯知道每個地方都需要木材。

也知道伊弗沒有提出無理要求，只是用羊毛以物易物。所謂能得到寇爾的庇護，也只是卡蘭用來拉攏木材供應者托尼堡領主馬洽斯的手段。

可是整個看起來，像是所有人都得益，只有托尼堡一個吃虧。

雖然薩羅尼亞事件不時刺痛羅倫斯的心，只要在這裡多努力一點，守住托尼堡森林就算扯平了吧。

伊弗預定的木材能減多少，就能保護多少森林不受傷害，也或許能降低對廣大麥田的影響。

羅倫斯知道這樣想很一廂情願，但還是想確認有多少可能。

但伊弗的眼，卻已經冷冷地盯住了他這樣的念想。

「你聽了不會高興喔。」

並在這麼說之後，露出令人憶起往日銳氣的目光。

「當商人的，本來就要把壞消息當好消息來聽。」

狼一般的商人歪唇一笑，抬高下巴。

「世界不是被寇爾他們攪得一團亂嗎？」

「是啊。」

「而且那是要把世界分成兩半的巨大動盪。到處都是風風雨雨。」

伊弗晃著手上的杯，將酒晃出漩渦。

然後愈晃愈大力，終至濺出幾滴。

「會有很多人，像這樣甩出來。」

乖乖候在一旁的少女想擦她的手，她卻先一口舔掉了。

「商人之間，就算喜好、個性、想法都不同，只要利害一致就能握手。然而凡事都有例外，其中之一就是信仰。」

剎那間，羅倫斯回想起馬洽斯坦承自己是教會哪一派時的緊張面容。

「已經有人因為信仰與土地所有人不同，受到以前異教徒那樣的對待了。可是寇爾他們的勢力，業已大到教會守舊派無法一句話就把他們打成異教徒，所以基本上不會有逐出教門或逼上火刑台的事，但還是跟混在麥穀袋裡的碎石子一樣，恨不得除之而後快。」

羅倫斯緩慢頷首。

「妳是在為收容難民作準備嗎？」

伊弗露出厭惡表情，是因為想被人當成黑心商人這般孩子氣的心理吧。說話也像在掩飾這點，變得有點快。

「寇爾他們賭的東西實在太大了。一旦改革運動失敗，我的買賣也要跟著翻船，所以就只是盡可能把會礙事的碎石子丟出去而已。」

寇爾聽說有人因為他被趕出家鄉而心痛的畫面，和伊弗對此的反應，都很容易想像。

既然赫蘿願意相信她，表示伊弗其實也是個心腸軟的人。

「那麼，想趕在冬天前談成是為了什麼？」

伊弗擺出鬧脾氣的臉，轉向一邊說：

「王國冬天比這還冷嘛。而且接收難民以後，總不能讓他們日子過得跟乞丐一樣，不然同樣會折損寇爾他們的聲望。」

需要給他們地方建立家園，予以保護。人愈多，需要的薪柴就愈多，而木頭再多也不夠。

「況且還要造船送這些難民。對，說到這個船，他們真的是……」

「？」

伊弗欲言又止，引起羅倫斯的疑惑。最後伊弗嘆氣聳肩說：

「不，沒什麼。詳情你就直接問他們吧，你們下山不就為了這個嗎？」

船究竟怎麼了？羅倫斯不禁與赫蘿對看。

「寇爾和那個小狼見習騎士，比我們那一代人更不知天高地厚。姊姊很擔心他們。」

伊弗憂慮的表情不像在演戲。

可是比起擔心他們遭遇生命危險，那更像是興奮。

狀況看起來並不急迫，而且寇爾身邊還有那個野丫頭繆里，說不定又在策劃某種驚天動地的大事。

羅倫斯告訴自己，這次事情解決後一定要跟伊弗問出他們的所在地。

「言歸正傳，總之我們現在什麼都缺。」

羅倫斯頭點到一半忽然想到：

「難道卡蘭是打算找那些難民來協助開墾托尼堡森林？」

邁亞曾說卡蘭打算重畫地圖，伊弗則說卡蘭打算擴建城市。若僅僅是擴大容器，也只是蓋了個空虛而已。

要讓城鎮發揮應有的功能，還必須增加人口。但人不是田裡種的菜，沒那麼容易增加。

「就是這樣。一樣是離鄉背井，肯定會有人覺得比起海對面的王國，還是與故鄉土地相連的地方比較好。不過在我看來，這座城能接收的人數很有限。」

「感覺擴建的餘地還滿大的啊？」

羅倫斯一說出口就察覺自己的淺慮。

「啊……是怎麼餬口的問題。」

想生存就得工作。人數可以突然增加，可工作機會並不會。

「目前還有開路的工作可以幹。」

但這工作持續不了多久。

羅倫斯腦中那些邁亞說過的事，總算連起來了。

「所以是預見了這一點，才要蓋新鍛造場和燒炭窯嗎……」

邁亞的憤慨，是出於認為卡蘭單純想貪得無厭地榨取森林資源，事情卻並非如此。

卡蘭不是臨陣磨槍，擬定計畫時眼光也是放在未來上。

儘管難免會有些應急之嫌，但也足以看出來，他們在如何避免計畫太巨大而分崩離析上可說是絞盡了腦汁。

「可是……事情真的會順利嗎？」

開闢森林創造新產業，卻導致家畜消瘦，麥田歉收，人們一樣要挨餓。

推測層疊個沒完，是一件很危險的事；而歷史也告訴人們，人口流入問題更是危險至極。

秉持慈悲精神，大舉收容戰爭難民，卻導致整座城崩潰的事，從戰亂時期就層出不窮。造魚塭用鱒魚養活人口的拉登受譽為俗家主教，並不是沒有原因。

「我不是神。」

伊弗的神情卻傲慢得跟神一樣。

「任何買賣都是賭，沒有穩賺不賠，而卡蘭已經打定決心豪賭一次了。或許托尼堡領主是答應得很不情願，可是他也是覺得有利才會答應，而且到現在都不下桌。」

羅倫斯這才發覺，馬洽斯下不下桌，將取決於羅倫斯帶回去的報告。

「妳好心對我說那麼多，是希望我帶好消息回去給領主嗎？」

伊弗不肯定也不否定，只是賊笑。她特地說出寇爾那邊的事，是為了綁住羅倫斯他們的心吧。既然他們是擔心寇爾和繆里，什麼也沒多想就離開紐希拉，應該不會做出害他們心血泡湯的判斷。

但就算沒有好消息，馬洽斯也幾乎別無選擇。反過來說，就目前所知整理下來，卡蘭並沒有拿馬洽斯的弱點來要脅，還要誇他們自制力強得可怕了。卡蘭是認真企盼城市發展，拉長時間軸瞻前顧後，下定決心與托尼堡建立良好關係。

「我個人很敬佩你的商業手腕，不認為你會去做搬弄是非，影響領主決策的事。」

說得真好聽。羅倫斯露出了在經營溫泉旅館上絕不會有的笑容。

「相對地，要請你幫我在那個木頭領主的屁股上點個火了。」
「不管他願不願意嗎？」
冬季已經不遠，大陸的難民也可能已經聚集過來了。要是收購托尼堡木材的計畫吹了，就得趕快找新賣家才行。
羅倫斯才這麼想，就見到伊弗皺眉搖頭。
「一旦錯過時機，就算那個領主願意在羊皮紙上簽字，說不定也只是白簽。」
語氣之重，連填飽肚子喝著酒的赫蘿都忽然豎起兜帽下的耳朵。
「有群人正蠢蠢欲動，要破壞這場交易。」
「破壞？」
羅倫斯第一個想到的，是教會中最受寇爾他們衝擊的那一邊。為阻止托尼堡投靠黎明樞機派，教會守舊派做出誣指他們為異端派兵討伐的事也不足為奇。
但想到這裡，羅倫斯立刻察覺到不對。
因為馬洽斯就是為了避免這種事，需要投靠黎明樞機陣營。假如這麼做會被冠上異端罪名，馬洽斯直接違心投靠守舊派不就好了。應該是如伊弗所說，一旦打起黎明樞機派的旗幟，守舊派也不能輕易動手，所以才決定接受他們的庇護。
因此，如果是教會想搞破壞，事情就開始兜圈子了。

所以伊弗口中的破壞者並非教會。

那麼是誰？

羅倫斯左右尋思，忽然響起無比熱愛森林的森林監督官的話。

「欺負人的……大哥。」

伊弗哼一聲說：

「凱爾貝對這場交易怎麼會坐視不管呢。」

說穿了，商業就是互相爭奪有限的金幣，而卡蘭正在計畫擴張地盤。這麼一來，會被奪去既有地盤的會是誰呢。

「你知道現在凱爾貝是誰作主嗎？我的脖子都在癢了呢。」

伊弗摸著脖子說。

那已經是好多年前的事了。伊弗和羅倫斯都還年輕，競爭激烈到需要護身匕首的時代。

伊弗撈錢到最後被人勒住脖子，差點喪命。

當時她的敵人是誰呢？

伊弗微笑的樣子，簡直像露出獠牙的狼。

遠方傳來野狗的長嚎。

第四幕

敞開的窗外，是一大片心曠神怡的晴空。

眺望街景時，微帶海潮香的風輕輕撫過臉龐。

房中，沙沙的刷毛聲搔弄耳際，不時還有香甜氣味流出窗口。

羅倫斯回頭看看房間，床上擺了三枝玻璃瓶裝的高價精油，赫蘿正在用連貴族千金都會受不了的繁複手法保養尾巴。

在彷彿能聽見艾莉莎唸人的情境下，羅倫斯恍惚地看著赫蘿，反覆思考。

昨晚對話到最後，伊弗對羅倫斯這麼說：

「無論如何，都免不了跟凱爾貝來一場對決──是嗎。」

赫蘿沒喝成爛醉，但也到了撒嬌病發作的量。揹著這樣的她回旅舍時，終於看清事態全貌的羅倫斯腳步是愈走愈沉重。

在他眼前的，並不只是販賣領主私有林木那麼簡單。還關係到這地區各種買賣的流動，以及將世界一分為二的寇爾與教會之爭。

原本這不是小小溫泉旅館老闆應該一頭栽進去的事，可不知為何，他與各方勢力的主要人物都關係匪淺。更重要的是，會涉入這件事就是他自己在薩羅尼亞阻礙木材商調降關稅所造成的。

如果羅倫斯現在是個有點信仰的人，會覺得這是神賜給他的考驗吧。

「該給日記加紙嘍。」

可是他家的狼卻用這種話答覆他的呢喃。聽了伊弗昨晚那些話，赫蘿心情反而更好了。

赫蘿不太喜歡接觸陌生人，所以在知道事情不只是充滿托尼堡和卡蘭的無臉角色，還有寇爾、伊弗以及凱爾貝相關的人們參與其中，心情有那麼點放鬆了吧。

而這個不時表現得比女兒繆里還要少女的赫蘿，忘了一件事。

「就算都是認識的人，也沒什麼好放心的喔。對方都是貨真價實的商人呢。」

羅倫斯離開窗邊，坐上自己的床，往鄰床的赫蘿看。

「一角鯨事件那時，伊弗差點死在基曼手裡，後來又因為利害關係一致，轉頭就跟他合作。也就是一旦利害關係相衝突，馬上就要變成敵人了。」

赫蘿稍微皺眉，表情像是在說原來是這麼回事。

「可是她說到寇爾小鬼和繆里的時候，沒有說謊的感覺吶。」

說「姊姊好擔心」的語氣像在演戲一樣，可是那似乎是真心話。

「就咱看來，她已經不是除了追金幣什麼也不管的人了。所以感覺上，應該不會像以前鬧得那麼大。」

赫蘿最後用手摸摸尾巴，對亮晶晶的光澤一臉滿意。

「那也僅限於個人罷了。伊弗跟基曼和我不一樣，都是為了成為大商人打拚了很多年的人。」

將尾巴捧在手上的赫蘿一時失去了表情。羅倫斯原本有機會用德堡商行作墊腳石，踏上大商人之路，但赫蘿卻覺得是她親手斷了這條路。之前赫蘿也有過這種特別令人想疼愛的表情，讓羅倫斯心癢癢地這麼說：

「而且啊，成為大商人也不全是好事。」

赫蘿外觀雖是瘦弱少女，事實上卻是比人還高大的巨狼。

「生意變大了，不管你喜不喜歡，都會受到很多事情的牽扯。就好比俗話裡說的『闖進藥材行的牛』。」

「牛？」

赫蘿愣愣地眨眼。

「藥材行裡總是密密麻麻擺了一堆甕，牛那種大塊頭跑進來，免不了是一場悲劇。」

「嗯嗯。」

「也就是體型大的東西，有時反而綁手綁腳的意思。」

赫蘿也曾經因為擁有神祇的力量和強大的狼軀，被人擅自奉為神祇，覺得很不自在，應該會懂才對。用那副瘦弱少女的模樣不停撒嬌，或許是想把那時候受的氣討回來。

「基曼現在的地位是凱爾貝的頭臉，伊弗又在為寇爾他們做事，說不定根本沒有私情介入的餘地。就算他們本人想找個合適的地方妥協或讓步，身邊的人也很可能不許他們這樣做。」

羅倫斯躺到床上，並說：

「如果伊弗認真起來，像卡蘭這種小城的計畫，她馬上就能像閃電一樣整理出來。領主馬洽斯和邁亞都是好人，從那間酒館看來，卡蘭的商人也是積極得很耀眼。為了促進城鎮發展，酒館老闆甚至請來身分高貴的人學習新菜式，這種事我聽都沒聽過。要是伊弗那種壞蛋起了歹念，很簡單就能一口吞了。」

對於一心向前的人有多容易忘記注意腳邊，赫蘿也有自己的一套心得。而她也真的感嘆地直點頭。

「而且用毒辣手段把事情處理好以後，他們也不會管哪裡燒起來，拿著錢就找個地方躲了。伊弗沒有這樣，而且用正經手段推動計畫，是真的在為寇爾他們著想吧。」

伊弗曾經在與赫蘿泡溫泉時，問她製造弱點是什麼感覺。

過去她就像隻受傷的狼，將世上的一切都當成敵人齜牙威嚇，某天卻遇到蠢羊和巨狼其樂融融地走過她面前。

說不定就是這一幕，讓伊弗覺得自己蠢得可以。

如今護衛盡忠職守，少女舞孃也是打從心底為她跳舞。

表示伊弗已走出樹洞，攬得值得信任的夥伴，改變了她與世界互動的方式。

「但也因為如此，她給了凱爾貝搞破壞的機會……大概就是這麼回事吧。」

「嗯嗯。那這個破壞是怎麼個破壞法？這個凱爾貝，又不是屋簷會伸過牆的隔壁家，中間有段很長的距離，有必要爭成這樣嗎？」

赫蘿也曉得凱爾貝有多熱鬧。在她眼裡，卡蘭應該是差了好幾級，所以不懂卡蘭稍微擴展一下生意範圍為何會引來巨大的凱爾貝如此不滿。

「凱爾貝這港都，原本是靠來自雷諾斯的皮草和木材發展起來的，所以整個城裡的商業結構跟卡蘭非常像。而且兩邊都在做跨海生意，導致商品愈來愈相近，沒什麼是比這樣的商敵更礙眼的了。而且現在大陸與王國的關係日益緊繃，就表示羊毛會愈來愈難搶了吧？」

羊毛是溫菲爾王國的特產，對世上每個市場來說都是寶貝，可說是弄得到多少就能賺多少。

伊弗自己也說過她現在主要是作羊毛生意，在這次事件裡，有多家商行的羊毛會經過她的手。儘管她應該沒有惡用與寇爾的關係，但黎明樞機的影響力足以左右王國趨勢。身為最親近他的商人，她肯定會把握機會，獨占這最棒的位置。

所以見到卡蘭決心躍升為大城，被這般骨氣打動的事，就算有也只是附贈的而已。伊弗留在這裡最大的原因，八成是她篤定自己可以把羊毛和人情盡可能高價賣給卡蘭，換取更多到處都需要的木材。

而任何商品都不是無限供應，卡蘭進口羊毛多了，凱爾貝能分到的就少了。

「汝等商人真的都是大笨驢，完全不會去學習怎麼各退一步。」

話說得沒錯，不過赫蘿自己在酒館見到滿桌美食時，也會全攬到自己面前。羅倫斯笑咪咪地盯著她的臉，被她用力瞪回來。

「有話想說嗎？」

「沒有，哪敢啊。」

羅倫斯聳聳肩繼續說：

「而且讓事情更麻煩的就是，恐怕伊弗自己也在某種程度上想故意激起和凱爾貝的對立。」

「……」

赫蘿漂亮的眉毛像長長的貓尾巴上下搖擺起來。

「在這一帶的港都之中，凱爾貝歷史最為悠久，規模也十分巨大，對王國的羊毛商而言想必是難搞的買家。而且妳想，凱爾貝不是也會賣來自雷諾斯的木材嗎？王國沒有森林，會使得商人對凱爾貝的態度強硬不起來。」

「也就是在木材上吃的虧，要用羊毛討回來唄。」

羅倫斯聳個肩，赫蘿則對人世的糾紛感到無奈極了。

如同卡蘭為了繞過其他領主的土地，打算開路穿過托尼堡森林，伊弗和與她合作的王國羊毛商，想放棄吃相難看的凱爾貝，另找一個地方用羊毛換取木材，也是合情合理。他們參與這項計畫，就是想把握千載難逢的機會吧。

「而且兩座城商業結構太相近的話，容易造成一邊發展起來，另一邊就會衰退。所以凱爾貝生氣不單純是地盤意識，而是真的有危害。」

赫蘿已經聽夠了似的扔下尾巴，在床上蜷成一團。

「講買賣可能不好懂，那就換成麥田吧。比方說，有塊麥田只夠勉強養活村裡一百個人，現在被鄰村搶走一半，那這個村子以後會怎樣？」

「唔……」

赫蘿的狼耳神經質地交互錯動。

「這情況跟田地怎麼也擴大不了有點類似。一塊田能養活多少人，取決於收穫量。想吃飽就只能擴大田地，或是減少人數。」

赫蘿在她過去待的村子，可能沒聽過縮減人口、販賣人口等駭人的詞語，但不是每個農村都那麼幸運。

接下來講的是各地戰亂不斷的原因。

「作生意也是一樣。商品不流通就沒有工作，沒有工作人民就活不下去，而商品往往有限。如果買賣品項變多，工作增加，商行和工坊也會僱用新人，讓效力多年的徒弟自立門戶。如果生意不能擴大，工坊就僱不起年輕人，徒弟也會老死在工坊裡。對領導者來說，無法回報為他努力工作的人，也是很窩囊的一件事。要是生意再減少，更是連留住他們都做不到。因為這個緣故，每個地方都會看緊他們的地盤。」

馬洽斯之所以贊成開闢森林，也是這種想法的延伸吧。邁亞擔心失去森林的恩賜，麥田失去應有的收成，而馬洽斯明知有這危險，卻仍認為最後是人民得益。

因為無論是擴大森林還是農田，都需要新土地。除非發起戰爭，不然土地難以增加，那麼手段就只剩有效利用森林了。

開路和興建鍛造場，或許會使得森林貧瘠，但若放眼整個托尼堡來看，說不定能養活更多人。

聽了羅倫斯解釋，赫蘿那剛在床上保養過的毛茸茸尾巴，蓬成了平時的一倍大。不是因為羅倫斯點出了她的思慮不周，而是憤慨於世間無情的現實。

「我說這些，不是在講誰對誰錯。」

例中雙方都有理，且都有需要保護的人。

「只有量多量少的差別吧。」

或許是真有方法能以十人痛苦，換取百人幸福。

赫蘿立刻板起臉，不想再躺下去而跳下了床。

然後站到窗邊，注視看似和平的卡蘭街景。

商戰與實際戰爭不同，和森林的變化一樣難以察覺。

赫蘿到現在才終於明白，這熱鬧的和平小鎮是立在怎樣的生死激流邊。

「汝就不能想個法子出來嗎？」

羅倫斯很感謝她的賞識，但給不出滿意的答覆。

決定涉入此事時，雖然他事先提醒過無論結果如何都別怪他，可是心情並不會因為這樣就好過一點。

「商人的工作，就是用自己的東西換別人的東西，還要兩邊都開心。然而麵包換麵包，並不會吃得比較飽。這是魔法的範疇。」

羅倫斯嘆口氣，望向天花板。

「伊弗好像就是希望我來變個魔法呢……」

接著轉向赫蘿。

「她昨晚從裡到外說那麼多，絕對不是因為念舊或好心，都是為了讓我去說服托尼堡領主不要變心。然後——」

「要汝跑腿唄。」

赫蘿的態度就像不滿於伊弗擅自使喚她家的小伙計。

「好歹也說成使者吧。」

掌控凱爾貝的基曼，當然不是不認識羅倫斯。

因此對於在狹小海峽另一邊，時常在買賣上和基曼競爭的伊弗來說，與其親自出馬，不如交給羅倫斯辦來得好。

所以才在昨晚聚會的最後，拜託羅倫斯作她的使者，到凱爾貝去協商。

「無論如何，現在我也不能丟下這件事不管，只能去一趟了。」

追根究柢，事情都是從羅倫斯在薩羅尼亞完成請託開始的，現在糊裡糊塗就成了代表城鎮和領主的交涉員。世上形形色色的地方，都有著形形色色的聯繫。拜過去行商之賜，他在各地都留下了不少足跡，而過去有時也會順著這些足跡追上他。

羅倫斯離開商人之路，成為溫泉旅館老闆，如今也到了不肖獨生女要離家的年紀。所謂離鳥不渾水，他或許是有那麼些義務，要把自己的足跡清乾淨。

「當然，我是很不想去啦。」

並不是因為這擺明是一場困難的協商。基曼是羅恩商業公會的一員，而那也是羅倫斯的舊窩，兩人關係就像遠親一樣，不是競爭對手那麼簡單。

為了在紐希拉建造狼與辛香料亭而向舊窩借錢時，基曼幫了不少忙。即使自己的生意走霉運而危急，他也沒有食言。

羅倫斯現在退居紐希拉，已經不是正式會員了。但如同血緣關係沒有那麼容易切斷，他與公會的聯繫多半是一輩子都不會消失。

基於以上種種，羅倫斯實在很不想與基曼，甚至與凱爾貝正面交鋒。

因為羅倫斯也知道自己心腸軟。

「如果有哪個明顯是壞人，咱的牙就有用嘍。」

赫蘿也察覺羅倫斯心思般這麼說。

「一點也沒錯。這件事最難處理的地方，就是不能讓其中一方獨贏。」

大概是赫蘿理了半天毛的緣故，羅倫斯鼻子有點癢，還摸起了額頭。

「我目標是讓雙方各退一步，可是卡蘭和凱爾貝的規模和歷史都差很多，真的很頭痛啊。」

「規模和歷史？」

「面子問題。」

赫蘿臉皺得像啃了焦肉一樣。對於老鳥用怎樣的眼光看菜鳥，他們在紐希拉的溫泉旅館都體驗過很多了。若換作差了幾個世代的兩個城鎮，狀況肯定更糟。

「而且伊弗自己在一角鯨事件那時，曾被凱爾貝城裡的貴族利用，慪了不少氣。對方應該也知道伊弗不會善罷干休，都會提防她報復吧。」

這件事甚至有可能是卡蘭的人也知道伊弗和凱爾貝有過節，認定她不會背叛他們才答應的。

「在被過去拖住這件事上，咱也不好意思說別人吶……」

羅倫斯對表情不堪回首的赫蘿聳聳肩。

「伊弗自己倒是已經沒在計較那些舊恨的樣子。」

「嗯？」

「周圍的人本來就會去猜想些有的沒的，伊弗那樣的人也可能去利用這一點。」

羅倫斯坐起來，回想在紐希拉尚稱悠閒的生活中絕對嚐不到的商戰滋味。

「如果凱爾貝的人認為伊弗幫助卡蘭是為了復仇，那麼這場協商會是對伊弗有利。」

自稱賢狼的赫蘿也聽得有點頭昏了。

「因為那不是作生意，純粹是復仇。她很可能不計成本，用同歸於盡的心態殺過去。這種狀況下，和她正面交手並不明智。不想被她拖下地獄的人，自然會找個合適的時機讓步，伊弗等於是不戰而勝。這就是商人。」

凱爾貝不用粗暴方式破壞計畫，或許就是這種疑慮在抑制的緣故。伊弗早已不是平凡商人，除了握有莫大財富，還與現在的大明星黎明樞機來往密切，也就是政商。對她出手會不會一併遭到溫菲爾王國的報復，連羅倫斯也不知道。

「不過事實上，我是認為伊弗真的沒在恨他們了，而且她會為了寇爾來和平解決這件事。從伊弗的角度想，她也算不準抑制力能發揮到幾時，所以才乾脆在這層皮戳破之前找我去擋一擋。」

藏在幕後的人，心思總是難以猜測。既然前來接洽的使者說是黑，白的也會變黑，而現在伊弗就是要羅倫斯當這個使者。

「嗯嗯……」

赫蘿低吟著想了一會兒，說：

「可是汝要怎麼跟他們談？有材料了嗎？」

「沒有。」

聽他答得這麼乾脆，赫蘿瞪圓了眼，然後不滿地瞇起。

「不是在逗妳啦，真的沒有。不過倒不是完全沒辦法。」

羅倫斯對全無頭緒的赫蘿說：

「既然這問題無法皆大歡喜，就得在順序上下工夫了。」

「順序？」

赫蘿的耳朵一右一左地依序點動。

「比如說，伊弗、卡蘭和托尼堡三方簽約之前，為了排除懸念而先去和凱爾貝協商，就是一步壞棋。」

赫蘿離開窗邊，坐到羅倫斯身旁，要他快解釋似的用尾巴拍床。

「鎖鍊的強度，取決於它最脆弱的地方。與凱爾貝協商的過程很可能又長又亂，馬洽斯會先受不了而退出。」

「嗯。」狼低吟應聲。

「所以要先說服馬洽斯，透過伊弗和寇爾他們簽訂契約。領主重視名譽，一旦簽了約就會忍下去。」

赫蘿也回想森林裡的那一面，認同馬洽斯是個守信用的人。

「這麼做以後，就必須撲滅凱爾貝的怒火。滅火的方法嘛……老實說，要看凱爾貝怎麼出牌。不過這招妳也常用，應該有點印象吧。」

「咱常用？」

「就是利用既成事實，一層層地剝洋蔥。」

赫蘿臉上閃過不滿的表情，但沒有多做反擊。大概是想起了聽邁亞說明前就匆匆接下蜂蜜酒，讓羅倫斯不得不聽聽他有何要求吧。現在就是加以應用。

抱著胸聽的赫蘿，連同苦果一起咀嚼他的話般嘟起嘴，又忽然變成嚼到沙子的表情。

「如此說來，那個大笨驢……就是因為這樣才更想派汝去了唄。」

「嗯？」

「汝就是最合適——不，汝跟咱是最合適的人選。當時她一定高興極了。」

赫蘿能在與凱爾貝談判時提供什麼幫助呢。

這次換羅倫斯追循赫蘿的想法，而赫蘿隨即公布了答案。
「想想談吹了以後會怎麼樣唄。要是派其他人去，說不定會像對她以前那樣抓起來滅口。可是，汝的身邊是何許人吶？」
赫蘿神氣地用鼻子哼氣。
「是賢狼大人啊。」
如果羅倫斯陷入險境，身旁的赫蘿能幫他擊敗所有傻蛋，而這甚至會讓事情變得有利。
雖不知伊弗是不是一見面就想拿他們當餌，至少派他們去是肯定能夠安心。
「……大概是從寇爾和繆里那邊學來的吧。」
可以想像繆里尾毛倒豎，保護不怎麼可靠的寇爾的樣子。
羅倫斯苦笑剛露出來，赫蘿就用肩膀撞了上去。
「這樣的話，汝啊，咱又有一個疑問了。」
仍抱著胸的赫蘿將腿抬到床上盤坐，動起腦來。
「她是看準咱們丟著也不會死，才扔進那麻煩的協商去的唄。」
「是啊。」
「那她該不會是想趁這時候趕快去做別的買賣唄？」
「這種事——」

是有那麼點可能。

因為協商可以打迷糊仗一拖再拖，要是凱爾貝投降了就更好，問題是誰要來利用這當中浪費掉的時間。

「咱們可是從深山裡的溫泉旅館跑出來看女兒的。八成是讓她覺得咱們很閒，把咱們給瞧扁了唄。」

那陰沉的語調不是在責怪伊弗的毒辣，而是在戳蠢羊的頭。

「而且咱們……又不能妨礙寇爾小鬼他們。」

所以兩人就算看透了伊弗的算盤，也只能完成她的計畫。更重要的是，還得為獨生女和形同親兒子的青年所引起的風波收拾後續。

「簡直就像打從汝出現在她面前起，她就決定把汝逼進這個角落一樣。」

赫蘿這話依然不是責怪伊弗，比較像是譏諷羅倫斯像羊一樣單純，只要擺個柵欄就能隨意操控去向。

「以一個可以奮不顧身的人來說，汝還真好拿捏。能活到遇見咱，真虧汝命大喔。」

「……」

羅倫斯只能盡可能擠出笑臉。赫蘿所知的「可以奮不顧身」的伴侶，在遇見赫蘿之前做的都是樸實無華的生意。

至於為何會變得奮不顧身，當然是為了讓赫蘿臉上綻放笑容，尾巴搖個不停吧。

而赫蘿也當然知道答案。

這時候揶揄他，是因為想讓羅倫斯自己說出來。

羅倫斯之所以能把赫蘿弄得服服貼貼，是因為她和伊弗不一樣，情緒會在耳朵尾巴上表現出來。

「我動不動就惹上麻煩，是因為在妳面前，我總是忍不住想多拚一點嘛。」

也許話說得有點像念稿，但總歸是赫蘿想聽的話。

赫蘿用升級考試評審的眼光打量羅倫斯並哼了一聲，表情突然變得很滿意。

「汝是真的愛死咱了吶。」

剛梳過的毛茸茸尾巴搖得好快。

兩人依然像十年前那樣打情罵俏，不過羅倫斯在這當中還是有所成長。

所以他摟住一臉滿意的赫蘿肩膀，如此說道：

「……那麼，托尼堡森林那邊，可以閉一隻眼嗎？」

若按伊弗的意思走，勢必要回去說服馬洽斯執行開闢森林的計畫，這樣就等於放棄為赫蘿保護森林的事。

為了寇爾著想，赫蘿明白別無他法，也不想再繼續勉強羅倫斯，便為他準備一條出路。

「沒關係。森林再怎麼美，一個人走起來也沒意思。」

就是這樣的話，讓羅倫斯放棄了成為大商人的機會。

微笑的赫蘿小露尖牙，把臉按在他肩膀上。

「那些森林裡的雄性，都是認真為森林著想。就算守不了全部，他們也會做很多掙扎。那些都沒有幫助、白費力氣這種話……咱怎麼說得出口吶？」

赫蘿抬起頭，臉上是略顯哀愁又不再迷惘的笑容。

羅倫斯的壽命與赫蘿差異甚大，絕對無法給她永遠的幸福。因此那幸福的泉源，總有一天會乾涸。

但用這泉水潤喉豈會是無謂之舉，用盡一切方法多維持一點也沒有錯。

不然赫蘿和羅倫斯早就在雷諾斯分手了。

「不過吶，偶爾踢踢那隻肥松鼠的屁股，叫她去埋幾顆樹籽也不錯。」

松鼠的化身譚雅，曾經成功復育因挖掘鐵礦而禿頂的山。

雖然美中不足是她只顧種果實好吃的樹，不過會結果的樹大多會落葉，多少可以防止那座森林成為空乏的針葉林。

「那就打鐵趁熱，回去說服馬洽斯吧。」

「嗯！」

「我去請伊弗準備快馬，妳先在這裡……啊！」

羅倫斯手上被狠捏一把，錯愕地往赫蘿看，見到她冷冷的目光。

「……不是啦，緊急通知還夫妻一起去，太奇怪了吧？」

要是馬洽斯嫌他們不夠重視此事，是真的難辭其咎，而且以前也有過類似狀況。羅倫斯曾經帶著赫蘿到處借錢，結果被指責不夠尊重，還跟赫蘿鬧得不愉快，實在是一段討厭的回憶。

赫蘿應也知道這點，然而在這種狀況下只有自己留下，實在難以忍受。或許是因為狼重視狼群的天性如此，不是幼稚的少女心作祟。才這麼想，赫蘿的眼神又變得更冷了。

「所以說汝就是頭大笨羊。」

「嗯？咦？」

赫蘿瞇細紅紅的眼睛，沒好氣地說：

「才說過可能會爆發衝突，汝就想傻傻晃出城，憑什麼覺得可以平安回來啊？」

羅倫斯倒抽一口氣，不禁窺視窗外。

「有人在監視嗎？」

「目前沒那種動靜，可是汝就沒想過自己到了森林，對方的人馬也人手一把弓箭到森林裡來了嗎？」

凱爾貝想阻止卡蘭的計畫。而且事情的規模不只是一間商行賺不到錢。那麼大的城市，相信很快就能找到一、兩個肯幹髒活的人。

伊弗或許已經看準，一旦對方動手，自己也絕不輕饒，但不知會維持多久。而且卡蘭計畫的關鍵托尼堡，也是最為脆弱的目標。

「嗯……那麼，這……」

「咱是很想揹汝跑一趟……可是汝沒騎馬去也挺怪的。汝就騎馬去唄，咱遠遠跟著汝去。到了要談的時候，咱再到森林裡就行了唄？在那裡可以清楚聽到汝的聲音。」

即使和赫蘿相處了那麼久，羅倫斯難免還是有踩到尾巴的時候。

「真是的，才覺得汝難以捉摸，結果只是單純得沒藥醫喔！」

赫蘿是氣羅倫斯不僅被伊弗恣意使喚，還對少女心少根筋。

她不等羅倫斯回答就跳下床，拖著脹大的尾巴做起前往托尼堡的準備。看著這樣的她，羅倫斯卻有點愉快。

雖然他們在紐希拉相處得很愉快，可是唯有在外面的世界，赫蘿跟他才會有這樣的互動。

「肉乾和醃肉哪個好吶？汝啊，鍋子可以給汝的馬載嗎？」

而且連感覺認真的赫蘿也是這個樣子。現在只能趕快按照伊弗的意思，完成她指派的工作了。羅倫斯也下了床，做騎快馬的準備。

「但話說回來，要是我們沒出現，伊弗她想怎麼辦啊？」

赫蘿會設想一些亂七八糟的狀況，拉住羅倫斯的牽繩，也有對抗暴力的力量。可是托尼堡又如何呢。

馬洽斯第一次出現在羅倫斯等人面前時，身邊帶的怎麼看都是正好當天值班才會穿上皮甲的農兵。

要是凱爾貝的打手來了，感覺會直接進完結篇。

「森林守護者的弓術是很厲害。」

邁亞能在馬上射中野兔。

「但畢竟是寡不敵眾。再說他又不是整天都跟在領主身邊，老祭司也可能出事。」

那麼大的領地，守起來抓襟見肘。若要保護計畫重點人物，先不說邁亞，至少要讓馬洽斯待在卡蘭吧。難道馬洽斯對伊弗的疑心，重到認為自己留在卡蘭會成為人質嗎。

「嗯。依咱看，那個大笨驢搞不好還會想利用這點，給那個領主的屁股點火吶。」

羅倫斯一時還聽不懂，想了想就明白了。馬洽斯不是個傻領主，假如凱爾貝要動用武力，他應該知道自己會是第一個目標。

為確保自身安全，只能儘快與伊弗和卡蘭簽約。

當然，要是凱爾貝真的威脅到馬洽斯安全，那反倒會成為他信任伊弗的理由。讓他迫不及待地想得到黎明樞機的庇蔭，尋找更多同伴。

「不過，這是一場危險的賭啊。」

不知暴徒恫嚇馬洽斯時會不會拿捏分寸，會用什麼方法打擊馬洽斯的心靈也是未知數，贏面實在低得可以。

在認真思量究竟該帶多少肉的赫蘿身邊，羅倫斯忽然想到：

「難道……伊弗要自己當推手？」

要怎麼做才能讓預言成真？這是很常見的問題。

答案就是親自實現預言內容。

為求確實，伊弗的確有可能毫不猶豫地恫嚇馬洽斯。

「伊弗就是伊弗啊。」

當羅倫斯苦笑著這麼說，將行李裝進麻袋時——

自己掉進麻袋的感覺迎頭衝來。

「咦？」

剛才，他顯然看見了很不得了的影子。那就像是在整排都是商店的大道上純逛街，忽然發現剛經過的不是店家，而是某種巨大的生物。

羅倫斯顯然是平順地走在推論之路上，卻猛然有種某個想也沒想過的地方對不起來的感覺。

他趕緊循路追憶，檢查排在路上的東西。

卡蘭與凱爾貝關係緊繃，於是赫蘿堅持與羅倫斯同行保護他。托尼堡特別容易出事。能保護馬洽斯的只有平時都在田裡揮鋤頭的農夫，好歹要讓他在卡蘭避一避。

可是馬洽斯自己不太信任伊弗和卡蘭，要他留在城裡，說不定會以為要囚禁他。

這時，下棋般緊盯計畫的伊弗就要出動了。伊弗若擔心馬洽斯的安危，肯定不是出自關懷。反而會希望哪個人來幫她攻擊馬洽斯，讓他下定決心，別再舉棋不定。不過凱爾貝的暴徒能否拿捏分寸完全是賭運氣，自己扮演暴徒攻擊馬洽斯會更確實。

路上插著一塊塊這樣的牌子，但有種顯然少了些什麼的感覺。

感覺還有一件需要再深入一步，把它找出來的事。

「……呃……啊啊，可惡！」

羅倫斯呻吟著拍打額頭。腦袋已經被溫泉旅館的瑣事填得水洩不通，沒有空隙讓他作從前行商旅途中一再反覆的換位思考。他不停斥罵五里霧中的腦袋，一塊塊堆磚似的想。

說起來，還有個大前提得顧。

伊弗在紐希拉找赫蘿談心以後，赫蘿的心就對她敞開很多。可是伊弗真的這麼值得信任嗎？這與伊弗壞不壞無關。也曾走過買賣之路的羅倫斯知道她有多可怕，知道這是最該優先考量的事。

棘手之處，在於伊弗看起來沒有惡意。

更進一步地說，這恐怕就是事實。

而且，萬一伊弗真想對羅倫斯他們設陷阱，不僅會失去寇爾和繆里的關係，還得與赫蘿為敵。她應該也知道一旦赫蘿真的發火，根本逃不掉。

再說羅倫斯單純到赫蘿都傻眼，加上和伊弗一樣是用商人的思考方式，對她而言可說是沒必要欺騙的棋子。

而實際上，羅倫斯和赫蘿一起想出的結論，也是被伊弗巧妙操縱，但也不得不從。

那麼──

剛才對不起來的感覺，會是錯覺嗎？

不，這實在太不對勁了。漏看凱爾貝的阻撓和馬洽斯的缺乏戒心都是很大的瑕疵，伊弗不會犯這種錯才對。

這麼說來，感覺像是幕後還有東西沒拿出來。

羅倫斯豎耳聆聽般沉思，環視房間，再看看窗外。

離開薩羅尼亞之後，自己經歷了什麼呢。

接著──

「汝啊，咱想要昨天晚餐那種南國辛香料，現在去買──」

說得像去森林散步的赫蘿忽然停住。

羅倫斯的嘴，因發現伊弗寶刀未老而高興得很，歪斜成笑容了。

「怎……麼啦？」

羅倫斯大口吸吐，回答：

「沒什麼，我們照原訂計畫回去托尼堡。不過——」

「不過怎樣？」

用兩隻手滿抱鍋和肉的赫蘿懷疑地抬起眼。

「中途要繞個路。」

常有人用惡狼、母狐狸稱呼伊弗·波倫。

魔女辦事，就算不作惡，她也有方法讓星月供她差遣。

兩人隨後聯絡伊弗，說要先回托尼堡說服馬洽斯。

伊弗沒起戒心，當然也不至於樂得拍手叫好，就只是和平常一樣，請他務必馬到成功。

羅倫斯和赫蘿就這麼騎上伊弗準備的馬，離開卡蘭。原先還是沿著往托尼堡的路走，到了日光西垂，丘影在地上拉得又細又長時，兩人先一起下了馬。找個合適的雜樹林拴好馬，將赫蘿尾巴脫的毛綁在馬鬃上。只是藏個一晚，應該不會被賊發現，野狗之類也會因為赫蘿的味道而絕對不敢靠近。

『咱不是不服氣啦。』

赫蘿用狼形揹起羅倫斯，轉動粗大的脖子，用大大的紅眼睛看著他。

『真的不是汝想太多嗎？』

「如果妳對剛聽說伊弗近況的我說這句話，我會怎麼想？」

羅倫斯先入為主地認為伊弗終日揮霍不堪信賴，躲在寇爾的威信下行偷雞摸狗之事。當時赫蘿備感無奈，卻又明智地閉口不提，認為誤會自然會在他見到本人以後解開。羅倫斯就是注意到，整起事件的構造就跟這件事一樣。

「對於基曼和凱爾貝，伊弗連一句比較具體的話都沒說過。」

赫蘿暖身似的開始輕跑，徐徐加快速度。太陽尚未沒入地平線，得先確定會不會被人看見。伊弗的手下當然也包含在內。

想必伊弗已經把赫蘿的真面目告訴他們了。就算跟蹤，也離了段非常遠的距離，所以羅倫斯他們只要在明天天亮前返回原路，就不用怕繞路的事被他們發現。

「我們最需要考慮的不是伊弗怎麼想，而是更前面的前提——凱爾貝是否真的想阻礙卡蘭。」

赫蘿又加快速度，羅倫斯感到自己逐漸變成風的一部分。

周圍景象開始融化，不變的只有赫蘿毛髮的溫度和她強勁的呼吸。

但羅倫斯沒有受到影響，繼續說下去。

「伊弗說的全都是以凱爾貝是敵人為前提。有如已經確定的事實，無需懷疑。當然，凱爾貝是不太可能會容許卡蘭的行動，所以兩城之間一定為此有過摩擦。儘管如此，真相還是可能跟我們想的完全不同。」

赫蘿的腳愈來愈快，旅人遠遠看見了，也會以為是狼形的沙塵吧。

「伊弗不直接跟凱爾貝協商，也許不是怕他們搞破壞或牽制。凱爾貝可能是根本對伊弗大聲不起來，正在傷腦筋呢。」

凱爾貝不動用武力，馬洽斯依然平安無事的原因，應該就在這裡。

關於凱爾貝的消息，全都只是聽說而已。羅倫斯以為自己知道一角鯨事件時凱爾貝的人有多冷血自私，不需要伊弗詳細說明也會懂。因為他比那座城的任何人都明白，伊弗有過怎樣的遭遇。

重點在於，伊弗含這點在內全都知道。而且在酒館再會後，她又得知羅倫斯十多年來一點都沒變。

蠢羊聽了馬洽斯的話就自以為主持正義大步走來。

那麼，要是雙手搭上他的肩稍微轉個方向，多半就能讓他往她想要的方向走了。

『咱的耳朵不會放過謊言，可是——』

羅倫斯趴在狼背上，感覺聲音直接從肚子透過來。隨後肚子一涼，飄浮感嚇了他一跳。

原來是赫蘿在山丘間跳躍，以快過雨珠的速度下坡。

『沒說的咱就聽不出來了。就像汝有時會沒注意到自己太早下結論一樣。』

比起挖苦，那口吻更像是自警。

「不過，還有機會挽回也是多虧妳。」

伊弗也沒想到羅倫斯會擅自跑去凱爾貝吧。

與凱爾貝協商，想必是撲朔迷離且危險。從酒館的對話也能得知，羅倫斯並不是會見錢眼開而專斷獨行的人。

所以這給了伊弗一個點子。

讓羊以為森林另一邊的吵鬧聲，是狼群所造成。

『可是，如果汝每次掉到洞裡去都是因為咱，那咱幫汝就不太能說是挽回了唄。』

一開始就是赫蘿上了邁亞的森林氣息和蜂蜜酒的鉤，才會惹上這件事。赫蘿上鉤以後，羅倫斯一定會跟去，嚷嚷著有事他來辦，然後掉進坑裡。

「我們這樣不是很搭嗎。」

羅倫斯毫不介意地這麼說之後，感到不同於赫蘿四腿踏地的震動。

『咱也是不折不扣的大笨驢了。』

誰教這樣的日子讓她又嫌又愛過呢。

「也有可能到了凱爾貝才發現伊弗說的都是實話，到時候不可以生氣喔。」

『彼時歸彼時。』

即使地面沒有大起伏，赫蘿仍高高一躍。

「全都是快樂的旅途回憶是吧！」

羅倫斯在赫蘿背上大喊。赫蘿用猛力蹬腿來回答，飛也似的向前衝。

第五幕

睽違約十年的凱爾貝，在當時就是熱鬧非凡的港都。原先荒廢的北側地區，如今蓬勃發展，使得夾在南北之間的河口處，天天都像在過節。

河口倒映著酒館燈火，樂手彈奏的曲調四處飄送。要是在這裡放開赫蘿的牽繩，肯定會玩得徹夜不歸。

不過從卡蘭全力奔來似乎讓她很過癮，尾毛和頭髮都有些凌亂的赫蘿只點了一杯薄如水的葡萄酒，吹吹涼爽的秋季海風就舒服了。

「……稀客，稀客啊。」

羅倫斯帶著赫蘿拜訪位於凱爾貝的羅恩商業公會會館，基曼正與其他老邁商人圍成一桌，看到他們便瞪大了眼。

「應該不是我……看錯了吧？」

在夜已深沉，正經商人都已經回下榻處為明天作準備的時刻，長年居於偏遠深山的友人突然登門造訪，也難怪基曼這樣的老練商人都如此錯愕。

「臨時有急事想請您幫忙。」

聽羅倫斯笑咪咪地這麼說，基曼才慢慢平復，隨即挖醒睡在角落的小伙計，將兩人帶進裡頭的房間。
時間寶貴，基曼一接過小伙計惺忪送來的迎客酒就說：
「不會又跟黎明樞機有關吧？」
「又跟？」
基曼對羅倫斯眨了眨眼。
「您都沒聽說嗎，他們兩位前些時候才來過。來得好突然，還提了個怪異的請求。」
羅倫斯用眼神問赫蘿是不是自己信上看漏了，但她也沒有頭緒。
基曼看見他們的表情，領會地點了頭。
「可能在他們的冒險中，這部分沒必要特別寫出來吧。不過黎明樞機送幽靈船上天國的事，在我們這附近可是蔚為話題呢。」
繆里的信中，的確曾以興奮筆跡描述幽靈船的事。
然而那沒提過基曼，送上天國又是怎麼回事？
兩人究竟在信紙底下經歷了什麼樣的冒險？
羅倫斯咿嗚之中，基曼淺笑著乾了杯，改變話題。
「那麼，您說有急事是吧？」
「抱歉。真的很急，不然不會這麼晚來叨擾。」

基曼予以微笑，赫蘿聞聞酒味，表情像在說伊弗那比較高級。

「我在卡蘭遇到一些事，快變成伊弗的代理人了。」

中了魔女的石化魔法，多半就是這麼回事吧。基曼整個人都僵住了。

「……原來如此，的確堪稱急事。」

基曼終於吐出話來，眼中閃起憤恨的光，唇角卻彎成笑的形狀。

「那個母狐狸……想用您做最後的推手嗎。」

羅倫斯注意到喝著酒的赫蘿往他瞄了一眼。

看來是中獎了。

「據說凱爾貝為了保護自己的生意，正計畫妨礙卡蘭發展。」

羅倫斯說書似的低語，使基曼深呼吸到胸膛彷彿都要撐破，最後吐出巨大的嘆息。

「您知道這件事把我們搞得有多慘嗎？」

原以為是燭光的錯覺，但基曼似乎是真的消瘦了些。

或許是憂慮造成的吧。

「羅倫斯先生您是怎麼涉入卡蘭這件事的呢？再說您都已經在幫那隻母狐狸了，怎麼又特地跑來我這裡？」

基曼沒說這場會面是伊弗計畫的一部分，純粹表示疑問，同時表現出不知能否信任的迷惘。

羅倫斯以「說來話長」提詞，說明他們下山的理由，而薩羅尼亞那件事也同樣讓基曼大吃一驚。

「原來那是您做的啊！」

現在是正熱鬧的節慶時期，他城異聞很容易藉商人之口傳開。且凱爾貝或許也在觀望薩羅尼亞的木材價格。

「我是先從托尼堡的領主和森林監督官聽說卡蘭的狀況。由於卡蘭應該是受了凱爾貝不少年的氣，我想托尼堡領主和貴城的關係恐怕不會太好。」

「不會太好」已經婉轉很多了。

隨驚愕退去，基曼也漸漸吸收了羅倫斯的話。

「托尼堡領主八成是把我們當成了專門吸血的水蛭吧。」

「托尼堡領主都是跟凱爾貝的商行借錢嗎？」

他是那麼點有可能打腫臉充胖子，說自己沒跟卡蘭借錢。

在這種局面，誰欠誰的債是很重要的。

「他們從古時候就開始借了。附近地區也沒有別的城出得了那些錢。再說領主要是有跟卡蘭借錢，就不會決定和卡蘭一起開墾森林了。」

羅倫斯還不敢肯定，身旁的赫蘿先酸溜溜地笑了。

「別看他那樣，他好歹是高高在上呢。」

這高高在上顯然不是讚美。

「……因為立場不對等，自尊心作祟？」

「可說是自尊心造成的反彈吧。為何堂堂領主要向平民低頭這樣。」

馬洽斯對羅倫斯十分溫和，是因為他對羅倫斯沒有任何芥蒂。面對世代債主等事關榮辱的人，就不會是那樣了。

「如果來找我們談，不管是債款還是教會那邊的問題，都多得是空間可以商量。因為那片森林的木材實在是太值錢了。可是他大概是不想被人標價，立場又比較對等吧，最後選擇了能藉由木材坐上大位的卡蘭，加入他們的計畫。這樣卡蘭的每一個人都會把那位仁兄當貴賓來看了。對那種困窘的領主來說，恐怕是難以抵抗的誘惑。」

基曼聳個肩。這番話反而讓羅倫斯為卑屈了這麼多年的馬洽斯感到心痛。他不僅人品好到能使羅倫斯如此同情，要長久維持隨時都能換成金幣的森林，也需要極為強大的自制力。

「卡蘭對我們的敵對心理……嗯，也是理所當然。他們常在買賣上和我們的商人槓上，這一帶的物流又對我們有利。他們就是想藉由大幅降稅，來改變流向。」

雖不知基曼的話能信幾分，但凱爾貝和卡蘭的關係或許真的就像羅倫斯的比喻那樣闖進藥材行的牛。

凱爾貝或許真的傷了卡蘭不少，可是那並沒有惡意。單純是身體太大，與架上瓶瓶罐罐無冤無仇。

「人到了不同地方，觀點也會轉一個方向。您是以旅行商人起家，應該懂這個道理。」

但現在他連起個火都要起半天，連這麼基本的事都忘了。

羅倫斯咳一聲說：

「那個，我來到這裡是為了確定伊弗想畫的究竟是怎樣的圖。看樣子，她還不打算讓我看後台長什麼樣。不過感覺得出來，伊弗已經沒有以前那種陰險，所以我才不懂。」

尤其是凱爾貝這部分，實在是想不通。

伊弗究竟是怎麼抓住凱爾貝的脖子，讓他們乖乖聽話的呢。

聽了羅倫斯的話，基曼不敢置信地瞇眼噘嘴。

「那隻母狐狸的陰險，可是練得爐火純青啊。」

羅倫斯沒注意到身旁赫蘿也輕抽了一口氣。

「現在最麻煩的，就是她開始光明正大掐我們的脖子了。」

羅倫斯又看看赫蘿。這次赫蘿沒看羅倫斯，眼睛的亮法像是起了黑暗的好奇心，等著基曼說下去。

「那隻母狐狸為了搞我，想出了細到可以穿針的計畫呢。」

「怎麼說？」

基曼撥平有些亂了的瀏海說：

「用羊毛。她要用羊毛勒死我們。」

往下說之前，基曼先提議換個地方。

因為無論他說什麼，都會拿來跟伊弗的話相秤，親眼看看事實比較快。

於是羅倫斯和赫蘿跟隨基曼走過黑夜的凱爾貝。在這種時間，還能不時與人擦肩而過，且不少都會向基曼問候，連巡邏的衛兵也向他敬禮。

基曼帶他們來到的地點，在港口附近。

「這裡是？」

「羊毛交易所。」

這裡很大，周圍還算高的磚牆一直延伸到黑暗裡。設圍牆是需要存放商品的緣故吧。基曼對夜間警衛招呼一聲，開了小門進去。裡頭是空蕩蕩的大廣場，絲毫感覺不到外面城鎮的擁擠。

「以前這時候，夏季剃的羊毛會不停送進城來，像積了大雪一樣。」

赫蘿吸了吸鼻子，覺得冷似的縮起脖子，靠到羅倫斯身邊。大概是從卡蘭跑來讓她流很多汗，現在開始發冷了。

「這慘狀都是那隻母狐狸害的。」

「買不到羊毛？」

「對。不曉得她養了什麼樣的高手，在羊毛市場是無人能敵。到現在甚至得到了形同黎明樞機御用商人的地位，對王國出口的羊毛有非常巨大的影響力。大陸這邊的羊毛商之間還會說，要是得罪了她，整座城就準備感冒呢。」

而現在，伊弗想用羊毛換些什麼呢？

「那隻母狐狸告訴我們，想要羊毛就把木材價格壓下去。」

羅倫斯的臉笑著僵住，嘴角抽動。

伊弗不是成了卡蘭的夥伴，一起對抗凱爾貝。

而是不時舞弄凱爾貝的陰影刺激卡蘭，並藉卡蘭發展計畫要脅凱爾貝。

「有了競爭對手，就不得不壓價……」

赫蘿的架子能愈擺愈高，就是因為她獨占了羅倫斯的關愛。

羅倫斯望著城裡難得見到的大片夜空說：

「如果只是這樣，還算是常見的商業伎倆。可是……」

見到基曼，讓羅倫斯覺得最後之所以稍微讓步，當然不是這個緣故。

「您是想問，我們為何如此執著於羊毛——喔不，是為何非要從雷諾斯進木材，再便宜賣給王國吧？」

「是沒錯。畢竟木材現在感覺就像是森林裡的黃金一樣。」

每個人都想要，熱度高到值得伊弗耍計謀來討。

「如果只是賣木材，賣給誰都可以。可是事情和你說的一樣，我們有別的問題要顧。」

這裡是靠海的港都，一處生意談不下去，用船拖去其他城市賣就行。然而內陸城鎮，例如雷諾斯就不能說換就換了，因為將沉重的木材拖過陸地很不實際。

但是因為某種緣故，凱爾貝不得不將自己進貨的木材賣給王國。原因八成就出在用來支付的羊毛上。

「您是說需要買羊毛，是有買賣以外的原因嗎？」

這時節夜間的海風實在很冷，赫蘿都抱起自己的雙臂了。羅倫斯脫下外套，給赫蘿披上。

「有很多人的肚子，得用羊毛來暖。」

基曼不經意地看著穿上暖和外套的赫蘿，說道：

「凱爾貝在人們的長期打拚之下，再加上我麾下羅恩商業公會的努力，真的變成了一個大城。但是近年來，感覺是有點太大了。」

環視羊毛交易所廣場的基曼，不像以前那麼惟利是圖。

「整座城運作得再好，也會有一部分人因某些緣故而變得窮困潦倒。更別提還會有各式各樣的外來人口流入了。」

凱爾貝和卡蘭不同，是交通要衝。

「那些人要用羊毛取暖嗎？」

基曼溫柔微笑回答赫蘿：

「可以那麼說。這座城的窮人，只要到這裡來敲門，就能抱一團羊毛回家。」

羅倫斯終於察覺。

「紡紗嗎？」

基曼點點頭，赫蘿不解地抬望過來。

「紡紗工資低，但任何人都做得來。就算不識字，甚至語言不通，拿了羊毛就能開始做。」

要將原毛分成小堆，以爪梳不停刷到方向一致，再用手捻成毛線。雖然有無工具、熟練與否對效率影響不小，只要有爪梳和能坐的地方，誰都可以做。

「跟妳之前做的那個攪拌小麥很像。」

聽羅倫斯這麼說，赫蘿總算明白了。

麥子買來放進倉庫後，會有累積濕氣而腐壞的問題。為避免這點，需要定期攪拌透氣，而這項工作只限女性來做。哪怕力氣弱小，無依無靠，任何人拿了工具就能立刻開始，所以特別留給生活容易困頓的人。

「以商品來說，毛線比原毛更好，所以是一件互惠的事。」

羅倫斯無力地垂下了肩膀。

伊弗這次的確是正面進攻，但說穿了就是抓住凱爾貝的弱點，脅迫他們壓低木材價格。並加上一句話──不然以後我的羊毛，都拿去跟卡蘭買木材。

同時，羅倫斯也注意到另一件事。

「該不會凱爾貝這裡也打算收容信仰難民吧？」

基曼微笑得像聽見客人詢問下星期會不會進新貨。

「那當然，我們可是黎明樞機這邊的呢。」

伊弗果真是伊弗。

每道筆畫都遵循商理，為幫助寇爾他們而行動，畫出來的圖卻是從上到下都對伊弗有利。

「我現在……深深體會到經商的深奧。」

根本不需要毒辣。只要有伊弗那樣臨機應變的智慧，純用正當手段也能無往不利。

那麼，自己這些羊兒在拜見狼的後塵之後究竟該怎麼做呢。

羅倫斯探路似的說：

「我原本是為了幫助伊弗推進計畫，要去托尼堡說服到現在還拿不定主意的領主。可是中途改變方向，偷偷跑來這裡。」

「原來如此，我現在應該立刻把你綁起來呢。」

雖然是開玩笑，但有三成是真心話吧。

「我來到這裡，是打算了解伊弗的計畫。要是她圖謀不軌，那為了托尼堡領主好，我會設法破壞她的計畫。」

伊弗固然貪心，但不是壞人。

然而也稱不上正義。羅倫斯逡巡片刻，說：

「我不會讓她一個人獨占好處的。」

基曼將伊弗視為商敵，因此這雖然可說是出於他與基曼的私情，但也具有現實意義。因為能賺的錢總量固定，而目前這筆錢的源頭就是木材。

木材需要從托尼堡森林砍伐出來。若想保護森林，削減伊弗的利益會比較省事。

「可是羅倫斯先生，您的目的又是什麼？在我看來……您這樣四處奔波，不像是能賺到大錢的樣子。如果是想從幕後推助黎明樞機的活動，是否涉入的結果都是一樣的。」

無論如何，難民都會在卡蘭或凱爾貝找到棲身之所。他們將來過得好不好，是那些城鎮該負責解決的事。

羅倫斯為了赫蘿，當然是會把保護托尼堡森林當作最高原則。可是基曼不知道赫蘿的真實身分，說了他也不懂。

若要削減伊弗的利益，羅倫斯需要基曼的協助。

於是為了博得基曼的信任，他將機會壓在這小小的計策上。

「其實我原本也不知道，原來森林的真正價值是雜草，家畜都是靠那些雜草養肥的。」

基曼稍微挑眉，注視羅倫斯。

「據說那是種沒機會放上市場的商品。家畜的糞便量，會直接影響麥田的收穫量。要是托尼堡森林荒蕪了，連帶的影響其實大得驚人。」

每個市場都會以某種形式相連。一處市場發生價格波動，漣漪就會擴散到其他市場。凱爾貝與托尼堡森林有一小段距離，依靠的麥田不會在薩羅尼亞週邊。可是一旦薩羅尼亞週邊的麥田大幅歉收，凱爾貝也免不了牽連。

羅倫斯以此為前提，說道：

「而且，您有聽說過薩羅尼亞那裡的傳聞嗎？」

「薩羅尼亞的？」

「我不是替教會阻止木材商強降關稅嗎？獎賞就是每年領收麥子的特權。」

當然羅倫斯收的只是象徵性的獎賞，土地只有兩隻手展開那麼寬而已。

不過他說的仍是事實，基曼大概也聽說過一點零碎片段，深深頷首。

基曼現在看見的，應該是羅倫斯維護麥田權益的損益。

「所以事實上，為了不讓麥田受影響，我並不想去說服托尼堡領主。然而目前托尼堡負債累累，又有異端嫌疑，整個領土的存續都成了問題。想參與伊弗的計畫，主要是因為那至少比失去一切來得好吧。」

基曼接受羅倫斯的解釋般聳個肩。

羅倫斯再加把勁繼續說：

「聽伊弗說明計畫概略以後，我認為卡蘭是因為發展得晚而吃了不少苦，想和托尼堡領主共商一場起死回生的妙計。而他們的合作對象，剛好是伊弗這樣。」

「而我們凱爾貝就成了反派了。」

羅倫斯點了頭。

「可是凱爾貝的邪惡形象，似乎只是用來嚇唬卡蘭和托尼堡領主，讓他們團結起來而已。」

要營造凱爾貝的商敵形象，重點在於事情並非憑空捏造。伊弗沒有強迫他們聽話，就只是危言聳聽，將凱爾貝描繪成貪吃的狼，可憐的小豬們就會嚇得瑟瑟發抖。

「我們凱爾貝——」

基曼如同經驗老到的商人，習慣邊說邊想。

開口後過了一會兒，他才繼續說：

「實在很不想再繼續被那隻母狐狸予取予求。她一逮到機會就賴在最好的特等席不走牟取暴利，周圍的人還要對她感恩戴德。」

只要想像伊弗計畫成功以後會是什麼樣就行了。卡蘭擴大商圈，馬洽斯不僅還債錢有了著落，還因為得到黎明樞機派的庇護而解決了信仰問題。而且對寇爾他們來說，因改革運動而直接陷入困境的人們，也在伊弗的幫助下獲救。因為伊弗獲得的木材將成為他們的新家、他們取暖的柴火、他們前往王國的船隻。

至於凱爾貝這邊，只要聽話壓低木材價格，就能照舊順利取得羊毛，讓窮人有飯吃。就損益來看，似乎只有凱爾貝一方吃虧，但卡蘭和托尼堡其實沒差多少。

卡蘭是可以擴大了，不過現在仍不過是小巧玲瓏的港都。還不確定是否養得起大量難民，就以城鎮會因此發展為前提打算收容難民，又做出免除關稅這麼亂來的事。托尼堡這邊當然要冒森林消失的風險，在甚至需要建立鍛造場和炭窯的狀況下，決定往銷售木材的方向走。兩者同樣都背負著不同於凱爾貝的危險。

只有伊弗一個什麼都不用賭，也不用冒險，拿羊毛當棋子交換木材，還能得到大力鼎助寇爾他們的功績。

當然，其中沒有任何違法行為。

簡直像個光明磊落的商人。

「可是汝啊。」

赫蘿聞羅倫斯外套味道般抱著說：

「真的有辦法完全踢開那傢伙畫的圖嗎？或許那真的很不公平，不過還是有幫到人唄？咱找不到什麼理由去故意撕破她的圖。」

伊弗並沒有要陷害任何一方。無論卡蘭、托尼堡還是凱爾貝，甚至無家可歸的難民，基本上都能從這個計畫中得益。

但是伊弗的位子實在比別人好太多，感覺不太公平。

而羅倫斯具有以言語確實表達這不平的能力。

「作生意有個大原則。」

「嗯？」

「賺得多的人，要擔比較多風險。在這一點上，伊弗比同桌的每個人都安全，賺的卻多出太多。我認為，她必須讓利。」

「我也很不想認輸，可是如果那隻母狐狸能適當吐點油水回來，每個人都能輕鬆很多。」

最明顯的就屬托尼堡森林了吧。只要伊弗願意降低羊毛價格，木材砍伐量就會下降，減少對森林的影響。卡蘭能用降價的羊毛賺更多錢，也更容易取得收容難民所需的資金。凱爾貝也一樣，只要木材價格不砍得那麼狠，就能得到更多羊毛，裝滿這空蕩蕩的羊毛交易所。

「因此，唯一能攻訐伊弗的點就是──」

羅倫斯將自己在凱爾貝之所見加入腦袋中的地圖，分析伊弗的路線。

「她和寇爾他們直接相連這部分。」

那是非常強力的武器，只要在背後晃幾下黎明樞機的影子，周圍的人就會自己照伊弗的意思行動。

黎明樞機的廉潔思想獲得世間的巨大共鳴，那麼伊弗也得背負相應的責任。

「是不是能在『賺太多』這一點上逼迫她讓步呢？如果沒記錯，凱爾貝議會在溫菲爾王國也有一定的影響力吧。」

基曼聽了羅倫斯的想法後面色凝重地說：

「這也是相當棘手。現在只要搭上黎明樞機這一波潮流，以後會有數不完的利益。我是說，現在花大錢去買王國產品的事，其實很常見。」

「咦？」

「黎明樞機的根據地是溫菲爾王國，買他們的商品，等於是支持他們肅正貪婪教會的運動，算是一種捐獻。成為世上仍有良善的象徵，很多人在搶啊。」

這應該不是寇爾他們的意思，羅倫斯也知道這世間有多膚淺。畢竟商人就是藉此汲取利益的一群人。

伊弗就是掌握了群眾這樣的心理，並巧妙利用自己的立場。

「凱爾貝議會並不想和那隻母狐狸作對。無論我對她的手法再怎麼憤慨，窮人又因為羊毛枯竭而得不到救濟，議會那些人也只會聳個肩而已。就像在說乾脆趁這個機會，把一角鯨那時候欠她的帳還一還算了。」

誰都沒想到伊弗能成為這樣的大人物。當時的伊弗還不過是被城北貴族頤指氣使的棋子，只要是還記得自己怎麼對待她的人，現在都緊張得要死吧。

另一方面，基曼的口吻使羅倫斯想到一件意外的事。

「難道救濟方案是您自己在議會提出來的？」

基曼像是凍傷部位被人碰到而強忍痛楚的孩子，露出複雜的表情。

「我自己也對一角鯨事件做了很多調查，發誓下次一定要做得更好。在這過程中，我明白了乞丐情報網的重要。」

羅倫斯花了幾拍才聽懂他的意思。

寇爾也曾為裝成流浪學生，從城中乞丐那打聽到不少貴重的消息。

「一開始我是從利益角度，認為自己要多建立那方面的門路。」

或許是漸漸了解到他們的悲苦而無法坐視不管，開始轉性幫助他們了。

伊弗也是如此，但他們卻又希望自己在他人眼裡是個精明的薄情商人。這樣的心態，在退離商人位置一步的羅倫斯看來，倒還滿可愛的。

基曼會對伊弗的手法如此憤慨，或許是同類相斥的緣故。

「如果您是壞人，或是發現伊弗編織了惡毒的計畫，事情還好辦一點呢。」

這話讓基曼終於有笑容了。

「我也同意。可是被那隻母狐狸的計畫捲進來的人，每個都只是做自己需要的事而已。就是這點被她玩弄於股掌之間，變成她構圖的一部分。」

若以造成卡蘭至今都沒能發展起來的種種原因來說，管理河川稅關的領主，維護道路的土地所有權人的說詞裡，大概也都鋪滿了還算說得過去的理由。

「所以……如果結果就是不得不讓那隻女狐狸稱心如意，那我有件事要請您幫忙。」

基曼稍停一下，用輕佻口吻繼續說：

「能跟寇爾小兄弟商量一下，請他說來自雷諾斯的皮草最適合隔絕世上的壞信仰之類的嗎？」

木材和皮草會從雷諾斯順流而下，來到凱爾貝。

假如皮草漲價，多賺的份就能拿來買羊毛，填補木材被迫降價的缺口。

可是，藉信仰牟利即是寇爾對抗教會的最大原因。

「……為了給以後溫泉旅館經營困頓作保險，這招我留起來自己用。」

基曼鼓喉而笑。

羅倫斯繼續對他說：

「我們最關心的是托尼堡森林。要是開闢那座森林，卡蘭所計畫的大幅發展是真的可以期待嗎？不會只是一時的嗎？」

如果凱爾貝是真的打算破壞卡蘭的計畫，這問題想必是得不到有意義的答覆。

不過羅倫斯對凱爾貝和基曼已經有一定的了解，應該是可以期待。

「根據我請人蒐集的情報，他們是打算開路穿越森林，還要蓋鍛造場和炭窯嘛。」

「沒錯。」

基曼以商人的銳利目光注視羊毛交易所的黑暗，回答：

「木材的部分賺得到錢吧，可是開了這條往南的路又有什麼用呢？再過去可是我們凱爾貝的商圈啊。有競爭力的商品，就只有跟母狐狸買到的羊毛了吧。卡蘭和凱爾貝很像，用麵包換麵包，不會吃得比較飽。」

赫蘿當場打噴嚏似的失笑。

是笑他用的比喻跟羅倫斯一模一樣吧。這個比喻多半也是在老東家的某個會館，從同行口中聽來的。

「到頭來還是這個問題。」

「是啊。作生意就是這麼回事。」

這麼說來，托尼堡終究是只能依靠伐木賺錢。即使傾盡譚雅之力，恐怕也很難維持住托尼堡森林。

更何況赫蘿說過，開路本身就會大幅影響森林的性質。

建造炭窯，拿這些炭供給鍛造場所需燃料，再送木材到卡蘭賣給王國的賺法，完全是以森林的木材為基底，基曼根本不考慮開路的額外利潤。

而且還用不著凱爾貝去妨礙卡蘭的生意。既然流通商品類似，商人自然會認為沒必要刻意跟卡蘭進貨。

假如凱爾貝是邪惡的一方，還有辦法可以想。既然他們連攔都不攔，那就束手無策了。

「理論上來說，我們這邊會適度利用森林，卡蘭擴大交易量，凱爾貝也當然能和過去一樣拿到羊毛嘛。」

羅倫斯說這話的心情，就像看著無盡階梯的畫一樣。

「是的。只要能讓母狐狸那個獨贏的惡魔少賺一點，就能少砍很多樹，保護森林。這對卡蘭和我們凱爾貝都通用。」

問題就是找不到方法，因為伊弗是用正當手法一層層堆出現在這局面。

儘管希望不高，敗犬們合作起來還是有機會吧。

「可是想來想去，都會撞上買賣的基本道理……」

「難得看您這麼沒志氣，薩羅尼亞的威風到哪去啦？」

微酸的口吻令人想到以前的基曼。

「那也不是什麼機智，比較像是因為我是外地人才會注意到。」

基曼點點頭，羅倫斯繼續說：

「伊弗利用她與寇爾的關係這點，我們現在先忽略好了。如果她真的拿來幹壞事，可以直接聯絡寇爾要她住手……不過她應該會找到一個漂亮的間接方法，賺黑心錢還要對方再三道謝。」

基曼憤恨地點頭說：

「如果我們也有能和羊毛對抗的商品就好了。」

到頭來，伊弗還是會抓住這個弱點猛打。而且這整件事是她精心策劃的正當生意，頂多只能做些抵抗，不能拒絕。

可是比得上木材的商品，一時間也只想得到利用寇爾名聲的欽點皮草。這還是連伊弗都沒碰，見不得光的骯髒手法。

「汝啊，就沒辦法了嗎？」

說得像是問今天晚餐吃什麼一樣，就先當是赫蘿單純在期待吧。羅倫斯或許是比別人幸運一點，但基本上還是普通商人，而現在連商人都不是。

「如果說想就想得出來，我兩三下就能變成大商人嘍。」

基曼自己肯定也早就傷透腦筋，卡蘭和馬洽斯也沒少煩惱吧。羅倫斯可沒認為自己特別到能在那麼多地方的人苦思過後還能後來居上。

「唔唔……這樣真的很嘔吶。」

羅倫斯也懂赫蘿的心情。明明什麼都沒錯，卻有錯得很嚴重的感覺。

「對了！這些城鎮的關係不是沒有咱們想像中那麼糟嗎？那不能靠她的力量，把那個森林家族欠的債什麼的處理一下？這樣那座森林就不用賣木頭了唄？然後那傢伙就得跟這座城買木頭，這裡就能堆滿羊毛了。皆大歡喜不是嗎？」

赫蘿指著基曼週邊說，基曼只是聳聳肩。羅倫斯替他解釋：

「這樣只能解決托尼堡和凱爾貝的問題，換卡蘭被拋下了。這樣他們會失去木頭，無法做大生意，也就買不到羊毛。不過呢，我們本來就沒義務幫他們就是了……」

但羅倫斯想起了酒館的喧囂。那裡滿是令人難以招架的積極氛圍，甚至讓已退休的他也為之雀躍。

再說若不開闢托尼堡森林，以為有房子住而來到卡蘭的難民就無處可去了。

「唔……」

赫蘿都快跳腳了。

這邊按下去，那邊就突起來。從坑裡的卡蘭、托尼堡和凱爾貝之中救兩個起來，剩下那個一定會沉下去。

伊弗就是因為能用相同材料蓋出通天高塔，才能在最頂端手捧葡萄酒哈哈大笑。

接著基曼說道：

「我們回會館去吧。時間所剩不多，應該會比留在這裡好想一點。」

或許赫蘿已經氣得忘了寒冷，但秋天的夜風吹久了還是很容易著涼的。

「在母狐狸發現您想亂來之前，大概還有多少時間？」

羅倫斯是以說服馬洽斯為藉口離開卡蘭而來到這裡。

「明天……天亮之前得離開這裡。」

基曼點頭，用力撩起瀏海。

「在以前，為商戰熬夜計議是常有的事。」

現況之中，沒有誰是壞人。

可是想到要對哈哈大笑的伊弗唯命是從，就實在很不是滋味。

「這次組合和上次反過來了呢。」

聽基曼這麼說，羅倫斯回答：「這次要和平解決。」

面對兩個露出尖酸商人笑容的男人，參與不了話題的赫蘿只有自個兒嘔氣的份。

小伙計急急忙忙送來近郊地圖，會館持有的買賣契約書等文件。交易有的零碎，有的龐大，小買賣匯流起來，也會是澎湃的江河。

面對伊弗的計謀，基曼曾絞盡腦汁試圖脫困，卻怎麼也想不出好主意，但現在羅倫斯出現了。旅人帶來的新消息，往往能使慵懶的市場急劇熱絡起來，現在斷定無法突破還嫌太早。

「如果能迅速弄到溫菲爾王國非常需要的東西就好了。」

「畢竟母狐狸這一次是用正當手法來作買賣，應該不會說什麼都要我們用木材換羊毛才對。」

有清廉潔白的寇爾當靠山，是伊弗這樁計畫的武器，也是弱點。

如果伊弗用的是惡毒手段，還能向寇爾告狀。

當然，假如羅倫斯自己也是惡毒商人，就會毫不猶豫地要求寇爾他們，恣意妨礙伊弗作買賣，但他不能這麼做。

光是想到寇爾和獨生女繆里的冰冷視線，羅倫斯就喘不過氣了。

「我想您已經計算過很多遍了，不過皮草真的不行嗎？」

皮草會跟木材一起從雷諾斯來到凱爾貝，而羅倫斯在薩羅尼亞認識了拉登主教，他們的村落盛行獵鹿，另外還有譚雅復育的山，有地方弄得到皮草。況且獵取托尼堡森林的鹿，也能減少植物幼苗被鹿吃得太多，防止森林變得只有針葉樹能存活，一石二鳥。

「王國是黎明樞機的根據地，而皮草大多被人視為奢侈品，在那裡很難賣的。」

「啊，原來是這樣……」

之前好像也在卡蘭聽說過類似的事。買賣辛香料的商人們，失去了教會這奢侈成性的客戶以後，甚至把船駛到卡蘭這樣的小城求售。卡蘭想趁此良機大展身手，但寇爾他們行動影響到的層面實在太多。

「如果是毛織品，那還有點可能。」

「毛織品？」

羅倫斯有點印象，翻找成堆的契約書。

最後只找到原料羊毛的交易，以及少部分紗線。要成為毛織品，還得經過幾道工序。

「把跨海過來的原毛紡成紗線，又立刻賣回海的另一邊……應該行不通吧。」

紡紗這種事，哪裡都能做。

「好歹要做成布這種半成品才賣得出去。」

羅倫斯往赫蘿看，是因為全速跑來凱爾貝的她已經昏昏欲睡，身上蓋著毛毯。

「是會用織布機的人不夠嗎？」

「每座城都知道把羊毛織成布，利益會翻好幾倍，寧願生產毛織品，但幾乎只能到紡紗這一步。因為沒有足夠灰燼來去除羊毛上的油，或沒有縮絨或染色的設備。」

羊毛還要經過幾道工序才會成為布。據羅倫斯幾年前所知，羊毛從剃下到成為衣物賣錢，甚至需要兩到三年。

「最困難的是那需要很多水。溫菲爾王國不自己加工羊毛，以出口為主的原因就在這裡。」

羅倫斯知道染色需要水，但縮絨二字就需要翻一會兒腦裡的筆記本了。

「縮絨……對喔，要水車。」

「這附近不是很多麥田嗎？大河上都是船，小河頂多只能放磨粉用的水車。尤其是適合種麥的大平原，原本就沒什麼坡度，那種河流的力量不足以提供縮絨中打緊羊毛這一步。」

羅倫斯所發現的文件也顯示出，原毛或輸出紗線的地區幾乎是位處內陸山地。

「不過平緩的河川，也代表逆行時不會花太多力氣。因此，將皮草賣給凱爾貝的商人，會滿載紗線或原毛回去，到上游水流強的地方給他們織成布，經過縮絨和染色再送回來賣。」

每一趟都要被扒好幾層關稅，裝卸運送也要支付工資，利潤愈來愈薄。但那是這產業的必經過程，無可奈何。

「所以說，要是托尼堡森林冒出了黃金，事情就好辦了。」

這樣可以用黃金代替木材交給卡蘭，卡蘭藉此換取羊毛，不必消耗木材就能促進經濟發展。

而伊弗不能透過卡蘭取得木材，要照舊從凱爾貝進貨了。

「唔呀……能抓到一角鯨就好了……」

赫蘿似乎是半夢半醒地聽，居然說了這種話。

「說起來，其實是挺類似的。」

兩者都是無中生有地發現新財富，近乎神蹟。

「嗯……既然新商品沒指望，那伊弗應該沒想過凱爾貝會跟卡蘭合作，這部分會有什麼可能嗎？就像政治鬥爭那樣。」

重點是如何拉低伊弗的利潤。

這樣能同時減輕卡蘭、托尼堡和凱爾貝的負擔，使他們更容易描繪光明的未來。

「就先當作有方法能合作吧，這樣我們會團結起來，一起和母狐狸談判。可是接下來，我們恐怕會在利益分配上起糾紛。比起阻撓卡蘭的計畫，協助他們要難得多了。」

基曼十分了解經營大港都的現實問題，笑得很無力。兩者的規模和歷史皆有巨大差異，立場上不可能對等。即使單純以關係人數來分配，大商人集團和小商人集團也有等量不等值的問題。

面子實在是種非常棘手的概念。

此後羅倫斯和基曼仍不停添加燭油，熬夜苦思，卻想不到任何比較可行的方法。即使將範圍擴大到把薩羅尼亞和德堡商行也拉進來也沒轍。

羅倫斯愈想愈累，況且眼前還有時限這一關。

即使外頭黑漆漆一片，還沒有天亮的前兆，起得比鳥兒還早的聖職人員已輕聲敲鐘，喚醒了赫蘿。

「呼啊啊啊……啊呼。汝啊。」

「好。」

到井邊洗臉的基曼也在這時回來，見到赫蘿在折被子而放鬆肩膀。

「現在好像只能請您假裝說服托尼堡領主了。」

「我會盡量拖延看看的。」

馬洽斯對這計畫也是百般不願，但他明白自己選擇有限，是個聰明的領主。見羅倫斯回來以後，他大概不會多作抵抗，表示願意簽約就一起到卡蘭去了。再加上伊弗對自己的作戰計畫應該頗有自信，要是羅倫斯在說服這一步拖太久，恐怕會起疑心。

再說這個計畫不只是讓伊弗賺錢，也關係到一天比一天多的難民尋找新故鄉的腳步，刻意拖延並非正義之舉。

「羅倫斯先生，需要快馬嗎？」

「我們怕城裡會有伊弗的眼線，留在外面了。」

基曼似乎接受了這個說詞。凱爾貝是個大城，整體是城牆外還有小城的感覺，馬廄多得是。

「唉……在以前，就算一點成果都沒有，也會再多撐一下子呢。」
基曼難過地扭著脖子說，而羅倫斯也是如此。他實在很擔心自己會不會從赫蘿背上摔下來。
「不曉得伊弗留住青春的祕訣是什麼。」
這問題使基曼頗為認真地想了想，回答：「我看是貪心吧？」

赫蘿沒多問有無進展，跑速似乎也有刻意壓低。
且注意到羅倫斯精神狀況不好，不時踏得用力一點，助他保持清醒。
赫蘿還說過不如銜在嘴裡跑，羅倫斯說什麼也不要，拚命對抗瞌睡蟲。
但這總有極限，當東方天空放出光明，超乎想像的溫暖陽光終於融化了羅倫斯的意識，差點滑下赫蘿的背。
赫蘿回頭查看了好幾次，但沒有幫助。最後赫蘿只好放慢速度，找個被山丘和樹林遮擋視線，不會被人從路上看見的位置放下羅倫斯。
然後唏噓地趴下，鼻子頂頂羅倫斯，大尾巴把他攬過來，用自己的毛給他當床。
中間一聲「大笨驢」也沒說過。知道赫蘿也了解他老了，讓羅倫斯有些感傷。
第一次見面，他在地下道走了半天，中了一刀也沒停下來，真的是奮力走到了生命盡頭的前一步。

如今別說還有沒有力氣能擠，連手都使不上勁去擠了。

在赫蘿的毛和太陽的溫暖中，羅倫斯有個預感。

他過世的那一刻，或許就是這種感覺。

忽然間，他懷疑自己是不是真的死了，不禁睜開眼睛。

望著黎明的赫蘿注意到他的動靜，大大的紅眼睛看過來。

『汝就睡唄。』

旅途中，關心對方身體狀況總是羅倫斯的工作。羅倫斯覺得，赫蘿這樣的確很有賢狼的感覺。

說不定赫蘿經常喝個爛醉，就是想避免變成這樣的角色。

要讓羅倫斯在前面昂首闊步，自己讓他牽著慢慢地跟。

絕不是兩者對調，絕不是赫蘿回頭看走不動的羅倫斯。

「！……」

羅倫斯呢喃了些自己也聽不懂的話，赫蘿疑惑地皺起眉頭。

接著他撐大敗給睡意而閉上的眼皮，好不容易張開了嘴。

「還沒有……結束喔……」

赫蘿沒問那是指什麼。

只是苦笑似的露出巨大的尖牙，以鼻側磨蹭羅倫斯的肩膀。

注視他一段時間後，又望向遠方。

陽光照耀的大地宛如金色的麥田。在帕斯羅村，想必赫蘿已獨自迎接過無數次這樣的早晨。

那時候羅倫斯當然還不在，不過他感覺自己已經跟赫蘿在麥田過了很多次夜。大概是因為兩人進軍溫泉鄉紐希拉野宿時，也用赫蘿的毛取暖過。

當時紐希拉所有溫泉旅館老闆都在笑他們不可能找到泉脈，而赫蘿只是哼了哼鼻子，就像找到埋藏的心愛骨頭一樣，找出了位置。然後用令人害怕山勢會就此改變的力道開始挖掘，溫泉一下就噴了出來。

羅倫斯便在那裡建設溫泉旅館，度過了女兒出生，旅途中收留的少年長成健壯青年的時間。無疑地，那裡也會是他埋骨之地。

赫蘿有時候會像狗一樣，聞到骨頭的味道就興奮。如果自己的骨頭能給她解解饞，也能含笑九泉了。

羅倫斯這麼想著，在夢境與現實的交界獨自傻笑。

『汝啊。』

赫蘿突然又叫人起來，是覺得噁心嗎？

羅倫斯這麼想著，瞇眼仰望光明，見到完全露臉的太陽。看來他睡得比以為的還久，差不多該出發了。

「……好想泡溫泉喔。」

這咕噥使赫蘿露出非常不悅的表情。

彷彿在說她一直忍著不說，現在都白費了。

不知道在托尼堡能否挖出溫泉。平原湧出溫泉的事其實偶有耳聞，機會比黃金大吧。如果跟薩羅尼亞那張地圖一起看，也許……

羅倫斯想著想著，差點又沉入夢鄉。

「啊！」

突然跳起來，不是因為赫蘿啃他的頭。

赫蘿也被他突來的大舉動嚇得瞪大眼睛拉高脖子。

羅倫斯左右張望，再與赫蘿對眼。記憶的片段在腦子裡一一激撞、拼合。在這一刻，他發現藏寶圖就在自己手裡。

然後像個酒醒而趕緊查看錢包的醉漢，尋找赫蘿的前腳。

找到的是一塊巨大的腳掌。

剛認識那時，還曾經被這腳掌嚇得腿軟呢。

是何時開始不再害怕的呢。感覺像是很久以後，又像是開始和赫蘿結伴旅行後不久。

「……」

被他一摸，赫蘿難耐地蜷起前腳。

羅倫斯對著赫蘿說：

「妳說這一次，想要我多用用狼的力量是吧？」

赫蘿豎起大耳朵，挪動足以掀起風的巨臉轉向羅倫斯。

『汝夢到些什麼了嗎？』

羅倫斯嚥嚥口水，將薩羅尼亞的那幾天到此刻的一切全畫進地圖裡。伊弗的正當性底下，掩藏著龐大的利潤。

但會藏東西的不只是人。

這片大地也會把東西藏進時光之流裡。

「伊弗想用正當的方式，拿羊毛勒住大家的脖子。」

赫蘿像是從羅倫斯的語氣嗅出了些什麼，眼睛比太陽還要亮。

「那我們也不用跟她客氣，耍點詐不為過吧？」

那眼睛眨了一下又一下，尾巴搖個不停。

太陽終於真正昇起，宣告新的一天來臨。

『咱最喜歡汝這個表情了。』

羅倫斯被赫蘿的臉蹭得又倒下去，埋在赫蘿腹毛裡架構計畫。雖然只是很有可能，他仍抱持著相當的把握，對赫蘿解釋他的計畫。

這件事，是因他在薩羅尼亞所為而起。

既然開端在薩羅尼亞，那麼解決的頭緒自然就在那裡。

『汝啊。』

赫蘿眼中閃耀著期待。

「我們走。」

能看見伊弗錯愕的表情。

再來就是找齊尋寶夥伴了。

兩人取回拴在林子裡的馬，趕往托尼堡，在午後不久來到森林西側。

赫蘿單獨入林，變成狼調查羅倫斯所需的種種。

羅倫斯則分頭走老祭司那份地圖上的路，可是那似乎平常很少人用，野草已經長到騎不了馬，只好下來步行。

「你應該跟赫蘿一起進森林的。」

羅倫斯這話是對馬說，而那名字似乎讓馬很不高興。大概是被綁了一晚的狼毛，已經受不了了，看得他忍不住笑出來。

當他繞到森林南方，太陽已經相當歪斜了。

睡眠不足使他雙腿發軟，遠遠見到那口大池子時，真的鬆了一大口氣。

根據老祭司的地圖，領主的宅邸應該就在這稱得上湖的池邊。

周圍有零星幾棟平民的屋子，但稱不上聚落。水量豐沛的水道往四面八方延伸，人們用這些水灌溉農作物。沒種小麥只種蔬果。從遇見邁亞的稅關到托尼堡這條路上，也是愈接近森林愈多流水，見過好幾條快腐壞的橋。長久以來守護托尼堡不受敵犯的，即是水鄉澤國這樣的天險。

這裡的田地和道路同樣有許多高低落差，在直連大池子的水道邊，能看到底下的大片水面。池畔有條小棧橋，拴了兩隻小船。

在霧氣重的清晨走過這裡，會分不清哪邊是水哪邊是田吧。

見過這邊土地的狀況，羅倫斯肯定了一件事。

雖然人生地不熟的旅行商人容易因為缺乏資訊而遭遇虧損，但薩羅尼亞的經驗也告訴他，來自外地有時也會帶來利益。

而這就是最典型的例子。

羅倫斯發現的，是在羊皮紙地圖上拼出的結果。當然，無論是馬洽斯和卡蘭的商人，還是伊弗跟基曼，都一定看過地圖無數次，絞盡腦汁想方設法。

因此，用相同地圖想出眾人所不能的妙計，基本上是不可能的事。但在這一點上，羅倫斯多了一個優勢。

那就是薩羅尼亞的遭遇。

羊皮紙價格不菲，用刀刮去無用文字重新寫過的事並不稀奇。像這種時候，看得仔細一點就能發現過去書寫的痕跡。將羅倫斯扯進今天這件事的木材關稅問題中，他就是像這樣發現了「地圖底下」的東西。

那是刻劃於土地上，現代商人絕不會見過的古老記憶。連伊弗和基曼也恐怕沒有的知識。

於是羅倫斯將他與赫蘿獨有的旅行回憶，也疊上這張地圖。

他和赫蘿是如何在誰都認為不可能的狀況下找出新泉脈，在溫泉鄉紐希拉開設溫泉旅館的呢？

疊上這兩張地圖以後，托尼堡的地圖就完全不一樣了。

兩個如兄弟般老是搶同一塊麵包的城鎮，仍有可能在巨大的財源下連結成同一個商圈。

繫起他們的，即是這托尼堡森林。說得更精確點，是應仍留在森林中的古老記憶。

「羅倫斯先生？」

從田埂上眺望大池子和對面的領主宅邸時，忽然有人叫他的名字。

轉頭一看，是馬洽斯帶著隨從騎馬過來了。

「拜見領主。」

羅倫斯想下跪，卻被他制止。

「卡蘭那邊怎麼樣了？」

馬洽斯下了馬，將韁繩交給隨從，作勢要羅倫斯過來。

羅倫斯看了看馬洽斯和馬的腳，兩邊都沾滿泥土，多半是先前都在森林裡吧。

為了好好看看這片或許再也見不到的富饒森林。

「我認為伊弗．波倫這位溫菲爾王國的代表，的確是可以信任。」

馬洽斯不疑有他，但顯得有些失望。

即使覺得卡蘭的計畫救得了他的領土，他還是希望伊弗是足以令他反悔的敗類吧。

保護森林與改善領地經營狀況這兩個無法兼得的願望，始終在他心裡交戰。

最後為了人民，馬洽斯將希望賭在改善經營上。

「這樣啊……辛苦你了。」

馬洽斯嚥下羅倫斯的報告，壓進肚子裡並這麼說。

這樣的反應，讓羅倫斯覺得在薩羅尼亞放棄成為貴族的權利真是選對了。要保護的東西少，需要糾結的也少。

就在羅倫斯同情地看著馬洽斯要隨從迅速回宅為簽訂契約作準備時——

一大群烏鴉忽然飛離遠方的森林。

森林炸開般的畫面使馬洽斯驚訝看過去的下一刻，一道衝擊般的巨響轟進他的雙耳。宛如整個森林都在咆哮的巨大長嚎颳起強風，撲打馬洽斯渾身上下，掀起水波，將林中眾生嚇得六神無主。

那巨嚎來得突然，去得也突然。當音浪過去，一切彷彿未曾發生。馬洽斯面帶不敢相信那是現實的表情，目瞪口呆地望著森林。這當中，只有羅倫斯一個冷靜。

不，或許有那麼點興奮。

因為那長嚎是赫蘿的信號。

「啟稟領主。」

馬洽斯被這聲喚嚇得脖一縮，轉過頭來。

「伊弗·波倫是盯上了這豐饒的森林，畫了一張漂亮的設計圖。儘管沒有詐取不當利益，她的利益卻顯得有點太多了。」

馬洽斯困惑地注視羅倫斯片刻，不安地看看森林再轉回來問：

「你到底想說什麼？」

「領主您之所以想加入卡蘭的計畫，是因為想改善與教會的關係和債款問題，讓子民過得更好吧。」

馬洽斯想開闢森林，絕不是因為私欲。

「但您也因為如此，必須背負失去森林的危險，而卡蘭也是相同處境。」

即使沒有明言遭到伊弗利用，馬洽斯聽來仍是這麼回事。

因為他原本就有點這樣的感覺，也為強硬不起來的自己感到慚愧。

「羅倫斯先生，現在還挑這來說做什麼呢。」

於是馬洽斯疲憊不堪地這麼說。

表示世間常理即是如此，無法違逆。

然而羅倫斯在推翻常理這點上，可是經驗獨到。

「如果有價值連城的東西沉睡在這森林底下，您會怎麼想呢？」

基曼曾開玩笑說，能挖到黃金就好了。

黃金雖是痴人說夢，地圖卻清楚顯示出了寶藏的位置。

誰也沒能發現的寶藏，就這麼被外地人在另一個城鎮找到了。

「請問領主，您知道我是從哪來的嗎？」

羅倫斯突來的問題與他商人式的微笑，壓得馬洽斯一時說不出話。

但視線沒有移開，因為他在羅倫斯眼裡看出了異樣的自信。

「你……」

馬洽斯吞吞口水後說：

「你是從……紐希拉來的吧。」

「是的，我在溫泉鄉開旅館。因為挖到了泉脈。」

馬洽斯依然疑惑皺眉，抿起了嘴。

「然後再加上以前的地圖，領主。」

羅倫斯指著一旁廣大的池子說：

「這口池子以前是與什麼相連，而今天又是什麼狀況呢？我之前就是因為解開了這類的謎，才會獲得說不定能與領主您並肩的機會。」

傳說中，曾有條大蛇橫躺在薩羅尼亞平原中間。

當時赫蘿從高塔上瞭望麥田，為大蛇的痕跡吃了一驚。馬洽斯現在的表情就跟那很像。

「地下……水？」

馬洽斯如此低語後掩起了嘴。

「這地方根本就不怕沒水用，煩惱水太多的時候還多多了，挖水也沒用……」

「只為挖水的話，是真的沒用吧。」

畢竟那不是溫泉。被勇者趕到地下的大蛇，仍有些許痕跡留到了今天，成為地下水透露於各處。挖出那些遺跡，是不會立刻變成金錢沒錯，還要配上基曼說過的話。

水與水流，會是寶貴的資源。

「我想把從舊河道痕跡滲出來的細小泉水匯聚起來，然後修整水道，用托尼堡的木材造水車。這裡得天獨厚，起伏比周圍地區還要多，非常適合水車運轉。」

現實上的問題漸漸顯露出來，使繃著臉的馬洽斯眉頭愈皺愈深。

「你說水車？要我靠磨麵抽稅嗎？不……」

馬洽斯搖頭否定自己，望向森林。

「……是為了製鐵？難道是要我把鍛造場擴大到需要用水車的程度？不，不是吧，你──你們夫妻倆，感覺是站在森林這一邊。」

基曼會相信羅倫斯保護森林，是因為他說想要維護在薩羅尼亞得到的收麥權。

可是馬洽斯不是商人，而是深深根植於森林的人。

能夠了解羅倫斯他們對森林有種與金錢損益無關的特殊感情。

「是的，我們的確站在森林這邊。因此水車不是用來磨麵，更不是為鍛造場未來盛況所需作預備，而是更適合森林的用法。」

羅倫斯捏起自己的衣服說：

「是用來給毛織品縮絨。我們要在這裡織布，用布來賺錢。這裡有那位師傅的鍛造場，很容易取得處理羊毛所需要的灰燼。而且將羊毛加工為毛織品的一切所需，這裡全都有。」

馬洽斯人都傻了。

「根本就沒必要濫砍寶貴的樹木，強行在森林開路。將羊毛紡成紗、織成布再縮絨，是水源豐富的土地獨有的特權。而且這麼做最棒的是——」

羅倫斯賣了點關子才說：

「從此以後，可以和宿敵凱爾貝成為合作關係。」

這名字讓馬洽斯表情一緊。欠債使他對凱爾貝抬不起頭，領主的身分又不許他低頭，下意識就排斥了吧。

「你說凱爾貝……？可是他們——」

「對，他們很傲慢，但不是因為惡劣，是城太大了。不管做什麼生意，量都需要大到合算。以這點來說，他們會是非常可靠的夥伴。」

伊弗成功煽動了卡蘭和凱爾貝的對立。經濟結構類似，固然是容易發生對立，但反過來說，利害關係也容易達成一致。

在取得木材上，伊弗最先考慮的很可能是如何避免兩城合作。由此編織策略，最後畫出現在這幅圖。

「依照我的計畫，的確是可以用一門生意串起卡蘭和凱爾貝，而且這座森林就是那條繩子。為了得到領主您的幫助，卡蘭和凱爾貝想必都很樂意向您下跪。」

羅倫斯扮起低姿態的商人上前兩步。

以撲進馬洽斯懷裡的速度接近，像個獻上奸計的政商仰望著說：

「領主，計畫必須要由您來主持才行。」

馬洽斯被震懾似的注視羅倫斯，而他畢竟是現任的領主。

雙目隨即恢復力量，把話擠出齒縫間似的說：

「你要什麼獎賞？」

商人獻上妙計，不可能分文不討。

這是羅倫斯第二次面對這問題。第一次的回答是為了他們，這次為了私欲也不為過吧。

「總共有兩樣。」

馬洽斯對他說的不是金額有些意外，抬顎要他說下去。

「首先是一件衣服。」

「衣服？」

「卡蘭要招攬南方的商人過去作生意。所以我想請領主您利用這個門路，以這座森林製成的布，做成一件南方流行樣式的女性服裝。」

馬洽斯很是不解，但隨即想起羅倫斯與誰同行。然後帶著幾分疑念盡力點了頭，並說：「第二個呢？」

「第二個，是把這計畫當成您自己的東西。」

「……？」

見到馬洽斯以為自己聽漏了些什麼的表情，羅倫斯再重複一次。

「請領主您將我們所談的計畫，當成是自己想出來的。因此得到的利益和任何事物，都請您用自己的手來安排。」

「這、這是……」

給你錢，把這買下來吧。

就像聽見老闆這麼說一樣。

「覺得很奇怪嗎？領主請別忘了，您是托尼堡地區的統治者，我不過是一個小小的溫泉旅館老闆。如果這樣能免於招惹到伊弗．波倫，實在是再便宜不過了。」

馬洽斯正要張的嘴又閉了起來。

「頂罪費是吧。」

如果是自尊心重的領主，說不定已經大罵大膽狂徒而準備拔劍了。

可是對馬洽斯來說，如此不客氣的說法反而令人安心。

「……你是說你雖然想出了計畫，卻不夠資格來執行嗎？」

「畢竟畫在紙上的麵包是吃不到的嘛。」

馬洽斯似乎還是覺得天平不平衡，難以接受。

貴族都重視面子，這讓他有被平民施捨的感覺吧。

「既然這樣，我再斗膽許一個願。」

馬洽斯隨此話抬起頭來。

「假如這個計畫成功保護了森林，能請您挑一棵小樹，用一切所能去保護它嗎？」

「……什麼意思？」

「讓我子孫的子孫有個依據，為自己的祖先曾經守下這座森林而驕傲。」

不要錢，要名譽。

這樣的話對馬洽斯而言淺顯多了。

算賦金幣的商人轉為追逐名譽，是天下皆有的事。

「真的這樣就夠了嗎？」

大膽旅人微笑著聳個肩。

森林領主閉上眼，反覆捻鬚思索。眼皮底下，多半是計畫開墾森林，身穿華麗服飾的伊弗。

那無懈可擊的氣勢，嚇得馬洽斯逃回了森林。

但即使算帳不如商人，名譽就是他的能力所在了。
馬洽斯也如此表示般挺高了胸膛，以百戰獵犬般的眼神注視羅倫斯。
「會怕狼的人，哪裡還敢住在森林裡呢。」
如果羅倫斯是個應聲蟲，會在這時候拍個馬屁吧。
「那麼，我該做些什麼樣的安排？需要邁亞嗎？」
尋寶的夥伴增加了。
羅倫斯就此向馬洽斯說明推倒伊弗高塔的計畫。

成功說服馬洽斯後，羅倫斯需要立刻聯絡凱爾貝。
可是他已經累到不能自己趕去，拜託赫蘿也有點問題。
於是到馬洽斯府上寫封信，託其僕從代送。
理所當然地，馬洽斯想設宴慶祝，羅倫斯卻堅決婉謝了。名義上是需要立刻趕回卡蘭幹旋，事實上是得和赫蘿會合。畢竟只顧自己吃大餐睡好床，將赫蘿丟在森林裡調查通往托尼堡森林的古河道，事後不知道會被她怎麼修理。
就這樣，羅倫斯在日落時分揉著發睏的眼出發。到了十分遠離人煙的時候，林中漫起難以言喻的可怕氣息。

側眼一看，黃昏的森林暗處有對發亮的紅眼睛。

「我這裡很成功喔。」

當話送到時，林中的巨大氣息已經消失，一名少女抱著衣服走了出來。不知情的人見到了，會以為是特地來泉水沐浴的野丫頭吧。

「就不能稍微害羞一點嗎？」

羅倫斯傻眼地說，赫蘿只是聳聳她細瘦的肩。

「廢話少說。汝啊——」

赫蘿迅速穿好衣服，大步走來，對剛下馬的羅倫斯伸個懶腰，一把捏住他長長了的鬍鬚。

「汝應該有東西要先跟咱解釋唄！」

這一罵把馬嚇了一跳，但羅倫斯已有準備，不慌不忙。這樣生氣，大概是因為偷聽到了他和馬洽斯的對話。

「……拜託喔，我的鬍子沒妳的毛那麼堅固。」

羅倫斯摸著火燙的下巴左下方說。赫蘿看看馬背，再看看羅倫斯，賭氣地伸出雙手。要羅倫斯抱她上馬的意思。

於是蠢羊這忠僕便將賢狼大人抱上了馬，自己牽著韁繩走。

「咱都不曉得該從哪氣起了。」
赫蘿一上馬就把手伸進行囊裡，掏出肉乾說：
「怎麼要衣服？」
這裡頭抱怨的不是字面那麼簡單。
首先是衣服填不飽肚子這麼一個狼性的理由。
然後是因為那件衣服多半不是給她的。
「……如果我們有南方的流行款式，繆里說不定會回家個一次嘛。」
現在不說，屆時只會被刮得更嚴重，羅倫斯便老實招來。
結果赫蘿嘆的氣重到要把馬背都壓彎了。
「大笨驢！」
這一罵的感情濃到甚至令人懷念。
「想要野味拼盤的話，跟邁亞討就行了吧。他一定會幫我們打點的啦。」
「汝一定要跟他講好喔。」聽羅倫斯說得那麼不負責任，赫蘿再度叮囑。
「然後──」
赫蘿氣到扯他鬍子，不只是因為衣服。
這羅倫斯也懂。

「妳不想跟伊弗全面開戰是吧？」

說得有點像藉口，但仍是事實。

如果伊弗完全是在做壞事，還能闖進她的藏身處，喊聲：「全都被我看穿了！」開始對決，但事情就不是這樣。況且伊弗現在又比較圓潤，在她並非邪惡的情況下正面擋她的財路，感覺有點太不夠意思。

「妳會注重這部分，我還挺意外的。」

羅倫斯想出了個起死回生的妙計，但功勞、利益全都落在馬洽斯手上。

赫蘿雖然老愛發牢騷，心裡還是把他捧得很高，所以看他得不到應有的讚賞，讓赫蘿很不平衡吧。

就在羅倫斯想對最愛的妻子說這樣就讓他很高興了時——

「難得有機會跟她炫耀說咱家的羊好聰明的耶！」

差點忘了赫蘿邀請伊弗幾個來參加婚禮，是為了「讓他們看看自己幸福的樣子」這麼一個赤裸裸的理由，現在這樣的確很有赫蘿的樣子。不過這對羅倫斯來說，是不知道該怎麼面對伊弗的問題。

「伊弗那麼聰明，感覺躲起來也一樣會被看穿呢。」

只能祈禱伊弗能從他拚命躲在馬洽斯背後，看出他沒有敵對的意思，還有一點過意不去了。

「而且我希望伊弗能繼續幫寇爾和繆里。」

聽羅倫斯這麼說，赫蘿轉了回去，又嘆一大口氣。

「汝真的是頭大笨驢吶。」

「嗯？」

「那傢伙才不會生氣，肯定是高興壞了唄。」

「咦……？」

從赫蘿沒趣的表情，羅倫斯大概猜到是怎麼回事。

若有個有嚼頭的勁敵，就不缺玩伴了。

只要不扯到錢，做她的玩伴也無所謂。但若為了這點和她全面開戰，感覺是個很不划算的賭。

「不過呢，要是汝和她打得太開心，咱也高興不起來啦。」

赫蘿甩甩尾巴，馬不安地回頭看背上的狼。

「妳太瞧得起我嘍。」

羅倫斯苦笑交摻的話惹來赫蘿的冷眼。

「汝是說咱沒有眼光？」

汝是站在賢狼身邊的商人，怎麼可以是普通貨色。

忘了是什麼時候，她好像說過這樣的話。

「跟伊弗正面開戰妳又吃醋，是要我怎麼辦啊？」

羅倫斯的回擊讓赫蘿噘著嘴點了頭。

「真傷腦筋喔。」

羅倫斯沒說她只是想耍任性，改為這麼說：

「我就是解了很傷腦筋的謎題，現在才會在這裡呀。」

赫蘿訝異地瞪圓了眼往羅倫斯看，嗤嗤笑起來。

「說得比唱的好聽。」

她打從心底高興的臉，讓羅倫斯跟著笑了。

「可是這個扭轉局勢的計畫，倒也不是沒有懸念。」

「嗯？」

在叩叩馬蹄聲中牽馬前行的羅倫斯說：

「這個計畫的一端，不是繫在伊弗那位她自己和大家都公認的宿敵上嗎？」

追根究柢，伊弗被寇爾看破陰謀而投降，以及樂見於羅倫斯與她作對，都是因為羅倫斯和伊弗不是站在同一個位置上。

但基曼卻是和伊弗很類似的現任大商人，雙方一定經常隔著王國和大陸之間的海峽互別苗頭，或是互相打壓。

這樣或許也是感情融洽的一種，可是這等於是打掉伊弗笑呵呵地準備去拿的大麵包，基曼忍得住不去激她嗎。

實在有點不安。

「哼哼，咱也很想看看她氣得直跺腳的樣子。不用怕，沒問題的啦。」

被伊弗周全的計畫弄得動彈不得時，赫蘿就氣得直跺腳。儘管一下生氣一下懊惱一下開心忙得團團轉，赫蘿卻說那些感情的湧動全都是快樂。

像狼一樣，能盡情奔跑就是快樂。

或許基曼和伊弗也是如此呢。

「我真的很希望能和平落幕。」

聽羊無力這麼說，赫蘿嘻嘻竊笑，拍拍馬背要羅倫斯上來。

終幕

「好久不見啦，伊弗小姐！」

基曼隨同馬洽斯現身卡蘭，大搖大擺進入議場後第一句話就這麼說。

「聽說妳非常需要木材是吧？哎呀，我們那有很多雷諾斯來的上等貨喔！」

基曼得意成這樣，羅倫斯強忍頭痛似的低頭不敢看，赫蘿則是看得很開心。

而伊弗也果真不是泛泛之輩，見了不速之客也沒有一點驚訝，就只是望向候在遠處的羅倫斯，用眼神問這是這麼回事。

羅倫斯也使出渾身解數來裝蒜，像個遭殃的受害者一樣尷尬地縮起脖子。

「我原本是到馬洽斯大人那去談債款的事，結果好巧不巧，大人說什麼也不想砍樹，和羅倫斯先生吵得可厲害了。結果一問之下，發現羅倫斯先生在薩羅尼亞有一塊麥田的權利，失去森林也會讓他大傷腦筋。於是我就見義勇為，替他們想出了個好辦法嘍！」

說得像真的一樣的基曼身旁，馬洽斯板著臉默不作聲。

他特地給八字鬍抹油，捏成倒豎，還穿了威武的熊皮大衣。

與其讓馬洽斯說些不習慣的花言巧語，徹底扮演完全無法相信伊弗而強忍怒氣的頑固領主，效果肯定是大得多。

「接著我們到處蒐集情報，一查不得了。」

基曼大聲拍手，笑得像是對伊弗亮獠牙一樣。

「發現伊弗小姐您原來要大賺特賺了。」

羅倫斯和赫蘿只是在基曼的建議下來到卡蘭的議會，沒知會過卡蘭的政要商要。因為他們覺得，這樣比較容易讓他們以為，這是傲慢的凱爾貝代表和不懂人情世故的領主共同策劃的，怎麼也不會懷疑到在角落旁觀的前旅行商人頭上。

理所當然地，蒙在鼓裡的卡蘭顯貴們都以為整個計畫就要泡湯而明顯緊張起來，場面開始混亂。

「於是不才在下我呢，想到自己或許能以凱爾貝議員的身分，和卡蘭談一場商業合作。」

驚嘆的不是伊弗，而是卡蘭的所有人。

「我們凱爾貝雖然比貴城大了不止一、兩圈，但不是所有生意都做得起。我今天來到這裡拜見各位，就是為了給正要邁向全新地平線的卡蘭，獻上一個絕佳的商品。」

最後這面對卡蘭議員們說的話，實在像極了戲曲台詞，可疑得不得了。可是基曼從懷裡取出的書狀，卻是卡蘭議員們無法抗拒的東西。

議員中席次最高的微胖商人，在周圍的注視下不情不願地成了代表，接下書狀。

「……毛織品長期買賣請求書？」

議員唸出的標題，使伊弗頭一次皺了眉頭。

「各位再也不需要為了換取羊毛而向托尼堡收購木材賣給王國，而是收購毛織品來出口，各位覺得怎麼樣呢？」

議員們面面相覷片刻，其中一人問道：

「來自凱爾貝的基曼閣下，這附近可沒有城鎮能夠生產足夠出口的毛織品啊，您不會不知道吧？這究竟是要我們上哪去買呢？就連貴城凱爾貝，也是從遠方城鎮進貨的才對。難道是要我們用更高價買下來轉手嗎？」

基曼閉著眼，聽得很仔細似的點點頭。

「請各位放心，毛織品將由這位托尼堡領主提供。」

基曼手一揚，全場視線便如鳥群般聚集在馬洽斯身上。見到他依然板著臉不說話，又像鳥一樣移到別的地方。

「波、波倫小姐……」

從沒有稱她為伊弗，可窺知地位上的高低。

同樣沉默，臉也板得不輸馬洽斯的伊弗突然開口：

「線的來源我懂。」

據說商人中的商人，總是能處變不驚。

如同上了戰場的傭兵，她將所有精神都灌注在掌握眼前狀況上。

「有那座森林的木材，可以大幅減少織布機等器材的成本；清洗羊毛所需的灰，甚至染色所需的樹皮，也都能取自森林；難民來了以後，也能紡出山一般的紗線。可是……」

王國雖是羊毛大產地，卻無法成為毛織品名產地。伊弗拿出當地商人的樣子，說道：

「問題在精製布料的工序上。縮絨需要水車來打，染色也需要豐富的水源。」

王國同時缺乏山地和森林，兩樣都應付不來。所以乾脆不浪費資源去紡紗，直接外銷比較賺。要是紡成了線，想用羊毛製造工作機會的城鎮就不會去買了。不僅顧客減少，還耗費更多時間。

但這也表示，一件成衣的標價裡，會到王國手上的只占一小部分。

「要水我這有。」

馬洽斯終於開口。

「只是被蓋住了而已。」

伊弗眉頭一皺，接著像溫泉噴發般瞪大眼睛。

人中之狼的視線射向了羅倫斯和赫蘿。

基曼隨那視線望去，抓緊機會說：

「據說那兩位就是在紐希拉挖出了溫泉的高手。前陣子，他們還在薩羅尼亞用埋沒在時光

裡的河圖，找出了水脈呢。」

伊弗幾乎沒在聽基曼說明。這也難怪，因為她立刻就明白了羅倫斯他們其實是如何找出地下水，確定水量足夠豐沛，乃至如何匯集那些湧泉來使用。

羅倫斯徹底裝無辜，身邊的赫蘿卻驕傲地抬頭挺胸。

「總之就是托尼堡能夠做出精製的絨布。所以我們凱爾貝要用雷諾斯的木材向王國交易羊毛，再以我城引以為傲的大量人口紡出大量紗線，在我城和卡蘭織成布，再交給托尼堡縮絨，若有需要也可以一併染色。最後完成的毛織品呢，全部都交給卡蘭來出口銷售。若各位願意，還請適度提供凱爾貝較他城優先購買的權利。」

基曼這番解釋，讓卡蘭議員們交頭接耳起來，說些聽起來還不錯之類的話。

「而且這將會年復一年持續下去。價格保證公道，絕不會讓生意夥伴吃虧。」

接著基曼又以最燦爛的笑容，說出這極其刻意的廣告詞。

純以正當材料將路鋪往所需方向的伊弗，就這麼被相同手法回敬了一招。

沒人使詐，沒人貪圖暴利。

只有一個腦中閃過天才靈感，發現只要好好拼湊所有材料，說不定就能獨贏的商人，眼睜睜看著原本能額外入袋的龐大財富溜走。

不。羅倫斯轉念一想，說不定對伊弗來說，賺錢只是其次。

因為基曼得意的嘴臉雖然伊弗笑著咬牙切齒，但那並不是為了金幣搶得頭破血流的表情。兩人對撞的視線之間不是商人的陰險，完全是小孩子吵架那樣。

「溫菲爾王國，可以用大商人伊弗總銷的羊毛，從我凱爾貝換取木材；而新興港都卡蘭，也能藉由銷售毛織品這樣的新商品擴大城鎮；擁有深邃森林的托尼堡，也不必大幅開墾他們的聖地。噢，這簡直是神的恩寵！願神永遠祝福我們！」

絕對不信神的基曼說得這麼虛偽，反而更讓人覺得他說得是實話。無論如何，卡蘭這方都已經注意到新計畫的好處了。

若要接受伊弗之託，收容大陸各地的信仰難民，本來就得為他們尋找長期的經濟來源。眾人都對托尼堡的林業能維持多久有一抹不安，況且領主本身本來就不太喜歡那麼做。

若能以羊毛做成毛織品的一連串加工產業來取代，當然是再好不過。

畢竟羊毛到哪裡都很受歡迎，毛織品亦是如此。

「波倫商行的大老闆，事情就是這樣啦。」

基曼這麼說，並走到伊弗面前。

伊弗保持坐姿，仰首盯著基曼，但至少雙方都保持笑容。

「我是敗在沒把他留在身邊嗎？」

伊弗說完閉上眼睛又隨即張開，視線投向卡蘭的議員。

「我只要能用羊毛換取木材，為王國、為正確的信仰效力就行了。」
議員們圍著基曼的書狀，屏息注視托尼堡領主。
「在我領地製布一事，需要各位的智慧與協助。將成品送去所需地點，也需要各位的船隻。」
最後，議員們望向基曼。
「凱爾貝將救濟貧困的事，交給我全權處理。我想各位也明白，紡紗在這方面是愈多愈好。」
原本會因為各自逐利而一起翻車的事，能在某種契機下導致截然不同的結果。起先是伊弗成功架設了這樣的結構，新材料的投入卻將它改造成了另一種面貌。
議員們看看彼此，都點了頭。
「那我們就……謹從神意。」
「謹從神意！」
在紛紛唱和的所有人當中，唯獨伊弗聳聳肩，一副想灌烈酒的樣子。

基曼與議員們簡單做點記錄後，便立刻為通知凱爾貝議會而春風滿面地乘快馬離去。眾人在議院門前目送時，馬治斯對羅倫斯說：
「我要代表列祖列宗，感謝你守下了我們的森林。」

邁亞候在其斜後方，穿得比平時的農夫裝扮更正式些，表情激動得都快哭了。找上羅倫斯那時的機靈樣，或許只是對外的表情，平時巡視森林時都是這麼樸直。

「領主言重了。保護托尼堡森林，也等於保護薩羅尼亞的麥田，同時保護了我們這些種不了麥的北地居民的餐桌。」

雖然有些誇張，但不完全是胡扯。

而羅倫斯更想要的獎賞，也已經準備好了。

「關於你想要表揚的那件事。」

「是。」

「我會在森林裡最雄偉的樹，刻下你的光榮事蹟。」

那或許是馬洽斯最大的感謝，但羅倫斯卻仍有話要說。

「這樣的殊榮，小人銘感五內。但我畢竟只是外地人，換棵樸素一點的樹，名字刻小一點，或許更適合我。」

好不容易守下了森林，卻傷了最雄偉的巨木，未免也太可惜。

赫蘿未來走訪此地時，一定會很掃興。

「這樣啊……嗯。真是的，如果薩羅尼亞的領主是有你這般氣節的人，我的日子也能過得更有鬥志一點。」

太過謙遜反而失禮，羅倫斯便微笑著低頭領受。

馬洽斯拍拍他的肩膀，隨卡蘭議員們的邀請返回議院。邁亞在跟上主人之前，迅速來到羅倫斯身邊耳語：

「我一定會為您準備最高級的林產。我真的……真的是不知道怎麼感謝您才好了。」

他用力握緊羅倫斯的手，也和眼睛隨最高級林產發亮的赫蘿握手，趕緊跟上馬洽斯。

「汝還真是商人中的表率喔。」

「是吧？」

在議院門前，每個人都渾身是勁地匆忙來去。顯得有些突兀的赫蘿小聲這麼說。

羅倫斯看過來，赫蘿也抬頭注視他一會兒，發癢似的縮起脖子，依偎過去。

「咱就等著看汝會在樹上刻什麼甜言蜜語。」

羅倫斯笑著聳肩，只說：「敬請期待。」

這當中，有人從議院裡頭出來了。不是別人，正是伊弗。

赫蘿賊兮兮地微笑，羅倫斯卻頗為緊張。

她邊走邊吩咐的樣子，實在很有正牌大商人的架勢，令人不禁欣羨。

原本還以為會就此走過，不把羅倫斯他們放在眼裡，但途中突然停下來短短說一句：

「等等到我那去。」

然後沒等回話就走了。

羅倫斯想像的是一場腥風血雨，但身旁赫蘿卻猛搖尾巴舔起雙唇，準備赴宴大吃一頓的樣子。既然赫蘿都這樣了，伊弗應該是沒發火吧。

此後兩人暫時返回旅舍，到酒館裝了一小桶的高級葡萄酒，抱去伊弗的巢穴。

敲了門，被帶往中庭後，見到一大排剛出爐的烤肉烤魚。

伊弗拉長了臉坐在椅子上，接下羅倫斯的伴手禮後，無力嘆氣。

「從哪裡到哪裡是你的手筆，我就不問了。」

她深深癱在椅子上，彷彿原本還在一望無際的大藍天底下，一轉頭就突然被滂沱大雨淋成落湯雞，茫然自失地回到家門。

「你是從哪發現的？我的計畫應該很完美才對。」

伊弗沒責怪羅倫斯背叛她，話說得像是衣服編到一半，發現圖案跟自己想得不一樣。

「我花了很多時間，才想到說不定凱爾貝也被騙了。」

伊弗眉頭一皺，候在一旁的紅傘少女微笑著伸手，淘氣地撫平主人的皺紋。

「我啊，很明白妳的可怕，所以想了很多，例如能做的事一定都做得滴水不漏之類的。想到一半，我注意到其實凱爾貝沒必要當壞人。」

據說掌權者取得土地的真髓，是分化對方再加以統治。

要防止各個領土團結起來，操弄厲害關係造成對立，就能輕鬆納為己有。

「如果坐在那裡的是以前的妳，妳應該會自己去扮演那個壞人，再栽贓給凱爾貝吧。這樣我就怎麼也不會想到凱爾貝也是受害者了。」

伊弗仍像以前那樣精於謀略，但心腸應該不黑。

寇爾和繆里也應該是真的自願與她走近。

由此說來，計畫裡的戾氣愈重，破綻就愈明顯。

「受不了……只要扯到你們這一家子就是諸事不順。」

伊弗這次不喝葡萄酒，大口灌了啤酒後往嘴裡猛塞炒豆。

就像從前自己作殺頭生意，親身送貨時那樣。

「如果你們藉此大賺了一筆，我還能對你們生氣。」

赫蘿吃得那麼陶醉，彷彿平常都沒能吃什麼好東西。羅倫斯也不像賺了錢的樣子，依然是那個不起眼的旅行商人。

「只不過，你把面子做給那個蠢蛋的事，最好給我記住。」

事情表面上變成栽在基曼手上，似乎讓她很不甘心。

「要報仇就麻煩找基曼吧，他說他隨時候教。」

伊弗又笑著咬起了牙，頭一仰把剩下的啤酒乾了。

然後憤恨地往赫蘿拉到面前的羊肋排伸手，靈巧鑽過赫蘿的抵擋，拿到嘴邊大口啃著說：

「你們家女兒也聞出我跟基曼是死對頭，玩得很開心呢。好像以為我跟他感情很好一樣，好什麼好啊。」

「咦咦？」

赫蘿在驚訝的羅倫斯身旁咯咯笑。

接著羅倫斯想起有件事非問不可。

「啊，對了，關於這件事——」

「怎樣？」

伊弗和赫蘿搶肉到一半，轉向羅倫斯。

「妳應該知道寇爾和繆里現在在哪裡吧？」

赫蘿強行抽走羊肋骨，肥滋滋的嫩肉就整塊掉下來，被伊弗用刀火速刺到自己面前，還孩子氣地「哼哼」一聲。

「我不建議你去找他們。」

語氣像閒聊一樣，羅倫斯還以為自己聽錯了。

「我可是認真的喔。」

伊弗以小指抹去嘴邊流下的油脂，對羅倫斯說：

「不是為了你好，是為了他們好。」

感覺不像是打馬虎眼，使羅倫斯不禁往赫蘿看。

「是說咱們會變成弱點嗎？」

赫蘿嘎吱嘎吱啃著軟骨問，伊弗聳肩回答：

「現在有一大堆人關注著他們的一舉一動，要是他們的家人在這時候從深山裡傻傻跑出來，你們覺得會發生什麼事？」

馬上就會有群人圍過來，試圖攀附吧。

「寇爾他們現在已經是這種感覺了嗎？」

「在王國就這樣了，只是能信賴的同伴比較多，戒心低了點。」

羅倫斯瞬時想像繆里在賓客雲集的宮廷耍任性，以及寇爾在豪華圖書館沉迷於珍貴書籍的樣子。照伊弗那樣說，他們是真的幫了很多人。

「我是不知道他們這一路上經歷了什麼，但既然你們是從紐希拉來的，應該多少有看到他們把世界攪成什麼樣了吧？」

「……有啊。在阿蒂夫這個港都，還有人畫成壁畫呢。」

伊弗聽了也笑了。

「北方地區好像就是這種感覺。不過到了南方，事情就有點嚴肅了。」

說到最後，伊弗往赫蘿瞥了一眼，羅倫斯跟著看過去。只見赫蘿啤酒灌到都要把酒杯當帽子戴了，狼耳的毛還豎了起來。

「嗝呼。再來咱要喝葡萄酒。」

被赫蘿的喝相逗得笑咪咪的紅傘少女，大概是聽得懂一些字詞，點個頭就端起赫蘿的酒杯走向廚房。

「赫蘿的耳朵沒嚇到她啊？」

「我們這可是有請羊女的呢。」

這讓羅倫斯想起基曼曾說的「羊毛高手」。

難怪她羊毛生意能獨霸王國。

「我懂你為什麼擔心他們。」

伊弗垂視手上的肉，聳個肩說：

「因為伊弗姊姊我也很擔心。」

說不定是因為表示擔心別人很不像她，覺得難為情才用這玩笑性的語氣。

「他們在我沒辦法走的路上全力直線奔跑，耀眼得眼睛都快睜不開了。」

庫中金幣一輩子都花不完的大商人，一臉欣羨地這麼說：

「要是有人膽敢阻撓他們，我隨時都能變回以前那樣。」

「就算那是至親也一樣？」
伊弗沒回答，只是吃肉。
「你們再多花點時間到處看看怎麼樣？」
「……什麼意思？」
「就是那個意思。在遊歷的路上，想必動不動就會聽說他們的事蹟。如果還是想去找他們，那就去吧。」
羅倫斯有點被打馬虎眼的感覺，而心思似乎都寫在臉上了。
紅傘少女送杯葡萄酒過來，赫蘿也對他白一眼。
「汝以前作生意的習慣怎麼都還沒改掉啊。」
「習慣？」
「沒有自己見到、摸到、拿在手上就信不過。」
桌對面的伊弗吊起一側唇角。
「不過老愛耍計謀的我，每次都敗在這一點上。」
「沒有哪種酒是什麼菜都搭的唄。」
所謂適才適所。
雖然用酒菜來比喻感覺不太好，羅倫斯還是明白她的意思。

「是說有時候，在旁邊看著會比較好嗎。」

「他們都離巢了，更應該這樣唄。」

「唔。」

還想用衣服引繆里回家的羅倫斯頓時語塞。

「安全這方面，是不用擔心啦。」

伊弗一派輕鬆地輕聲說道：

「那位天真爛漫的小姐，很會結識志同道合的朋友。有一大票非人之人給她靠呢。」

「這麼多？」

羅倫斯從伊弗的微笑看出那有些誇大，但並非憑空捏造。

「他們已經能獨立自主地去悠游你們所不知的世界了。所以你們應該到處看看，來了解這一點，然後放棄找他們的念頭。」

那壞心眼的笑，像是在回敬基曼那件事。

但羅倫斯也知道，那是實在話。

「我上一次有這種心情，還是賣掉我那台貨馬車的時候。」

赫蘿在喃喃低語的羅倫斯背上拍了拍。

如果嘴裡不是塞滿了肉，就更好了。

「況且純粹觀光不作生意，其實還挺開心的喔。這我可是過來人呢。」

抱著尚未癒合的傷，躲在樹洞裡威嚇的生活儘管痛苦又愚蠢，她還是無法用自己的腳走出來。

最後推了她一把的，似乎就是赫蘿。

「咱還有很多好東西沒吃過吶。」

「要我幫妳開張清單嗎？」

「大笨驢，這樣就沒有探索的樂趣了。」

看著兩隻狼嬉戲的樣子，羅倫斯喝了口酒。

伊弗說得很對，對於遠方前路，也沒人比赫蘿看得更清。

的確該稍微審視一下去見寇爾和繆里這下山目的了。

況且現在他們有個明確的故鄉，若有需要隨時可以回來。自己該做的，或許就只有事先打理好床鋪而已。

「早知道會這樣——」

羅倫斯說道：

「應該趁這件事多賺一點才對。」

和這頭大胃狼周遊各地，有多少盤纏都不夠吃。

赫蘿轉了轉她紅紅的大眼睛，咬下一塊帶血的牛肩肉說：

「工作多一點，比較不會無聊唄。」

居然如此大言不慚。

羅倫斯聳聳肩，再喝一口酒。

空腹喝酒，容易喝得太醉。

為了讓赫蘿能盡情吃喝，自己得清醒一點。

「敬商路永無止境。」

伊弗笑著對少女使眼色，要她拿樂器來。

不喧鬧也不寧靜的海濱夏宴，就這麼持續了一整晚。

後記

感謝各位的愛護，我是支倉。好久沒寫長篇了。

Spring Log 至今都是短篇，或稍微長一點的中篇。前一冊第23集在我心目中特別出色，僅限於短篇實在於心不忍……所以就寫成長篇了。之前是覺得自己沒法再寫長篇才都寫短篇，看來人的心態還真是善變呢。

本集主題是森林。以森林為題的故事好像還滿少的。

這次也看了很多很多資料，其中有一本針對薪柴與火堆講了非常多，讓我感嘆這世上真的是每一件事都有專家。這本書叫《燒柴》（作者：Lars Mytting 原名：Norwegian Wood The Guide to Chopping, Stacking and Drying Wood the Scandinavian Way），還上過暢銷書榜。原來有那麼多人喜歡燒柴啊……

說到資料，其實我每次都是開始寫稿以後才邂逅很多有趣的書。如果是新書，難免會有「如果早一點出，那時就有得參考了！」之嘆。不過那些書大多是定期出刊，是我自己沒配合，寫稿需要才會注意到吧。

像這樣寫完以後才買來塞書架的書真的很多。世事難料啊。

這集受了不少寇爾和繆里冒險的影響。要是著墨太多，容易限制到《狼與羊皮紙》的發展，所以是寫得戰戰兢兢。然而寫這種替年輕人收爛攤子的故事，還滿有趣的。

再來就是，寫後記的時候雖然還看不到，但可以想見卷頭的地圖恐怕快塞不下了。或許應該放棄全體圖，寫哪裡就放哪個地區。最後究竟會怎麼改呢？敬請期待。

私生活方面呢，真的是一點改變都沒有。少到我又翻開日本地圖，想到某個陌生的土地長居。在意到已經在看和歌山市和天童市的租屋資訊了。日本還有太多地方沒有去過，真的要趁還能輕鬆走動的時候到處走走。

下次後記究竟會在哪裡寫呢！下次出書，應該是《狼與羊皮紙》吧。

就這樣，謝謝各位。

支倉凍砂

奇招百出的維多利亞 1 待續

Kadokawa Fantastic Novels

作者：守雨　插畫：藤実なんな

頂尖諜報員銷聲匿跡後遠走他鄉
夢想過自己的小日子！

維多利亞是手腕高超的諜報員，因上司的背叛決定脫離組織，過著一般市民的自由人生。憑藉著諜報員時代的長才，她在新天地得以大展身手，然而組織怎麼可能放過她！許許多多的危機正悄悄逼近——重拾幸福的人生修復故事，拉開序幕！

NT$260/HK$87

Silent Witch 沉默魔女的祕密 1~4 待續

作者：依空まつり　插畫：藤実なんな

Kadokawa Fantastic Novels

莫妮卡面對校慶明裡暗裡忙得不可開交！
此時卻有咒具流入校園!?

為確保第二王子能正式公開亮相，校方無視於棋藝大會的入侵者騷動，強行舉辦校慶。莫妮卡與反派千金及〈結界魔術師〉對此構築縝密的護衛計畫。然而就在以為準備萬全的當天清早，七賢人〈深淵咒術師〉卻忽地傳來了咒具流入校園的情報……

各 NT$220~280/HK$73~93

國家圖書館出版品預行編目資料

狼與辛香料. XXIV, Spring Log. VII/支倉凍砂作；吳松諺譯. -- 初版. -- 臺北市：臺灣角川股份有限公司, 2023.09

面；　公分. -- (Kadokawa fantastic novels)

譯自：狼と香辛料. 24, Spring Log. VII

ISBN 978-626-352-894-9(平裝)

861.57　　　　112011236

Kadokawa
Fantastic
Novels

狼與辛香料XXIV
Spring Log VII

（原著名：狼と香辛料XXIV Spring Log VII）

2023年9月6日　初版第1刷發行

作　　者：支倉凍砂
插　　畫：文倉十
日版設計：渡辺宏一
譯　　者：吳松諺

發 行 人：岩崎剛人
總 編 輯：蔡佩芬
編　　輯：黎夢萍
美術設計：莊捷寧
印　　務：李明修（主任）、張加恩（主任）、張凱棋

發 行 所：台灣角川股份有限公司
地　　址：104台北市中山區松江路223號3樓
電　　話：（02）2515-3000
傳　　真：（02）2515-0033
網　　址：www.kadokawa.com.tw
劃撥帳戶：台灣角川股份有限公司
劃撥帳號：19487412
法律顧問：有澤法律事務所
製　　版：巨茂科技印刷有限公司
ＩＳＢＮ：978-626-352-894-9